LA REDENCIÓN DE DARIUS STERNE

CAROLE MORTIMER

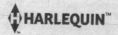

HARLEQUIN™

Editado por Harlequin Ibérica.
Una división de HarperCollins Ibérica, S.A.
Núñez de Balboa, 56
28001 Madrid

I.S.B.N.: 978-84-687-7596-8
Depósito legal: M-39096-2015
Impresión en CPI (Barcelona)
Fecha impresion para Argentina: 8.8.16
Distribuidor exclusivo para España: LOGISTA
Distribuidores para México: CODIPLYRSA y Despacho Flores
Distribuidores para Argentina: Interior, DGP, S.A. Alvarado 2118.
Cap. Fed./Buenos Aires y Gran Buenos Aires, VACCARO HNOS.

Capítulo 1

QUIÉN es? –exclamó Andy, mirando hacia la puerta del exclusivo restaurante, Midas, en el que estaba cenando con su hermana y su cuñado.

Con una copa de champán en la mano, miraba descaradamente al hombre que acababa de entrar. Alto y serio, se quitó el abrigo oscuro antes de dárselo al maître.

Debía de tener treinta y pocos años y era tan increíblemente apuesto que no hubiera podido apartar la mirada aunque le fuese la vida en ello.

Todo en aquel hombre era oscuro, desde el elegante traje negro a la camisa y la corbata que llevaba debajo. El traje, sin duda hecho a medida, destacaba más que ocultar un físico perfecto de un metro ochenta y cinco.

Su pelo, un poco alborotado, tenía un brillo de color caoba bajo las lámparas de araña.

El pelo era oscuro, el traje oscuro, la piel morena y en cuanto a su expresión...

El adjetivo «hermético» no podría describir su aspecto o ese rostro de facciones patricias. Tenía la frente alta, inteligente, las cejas rectas sobre unos ojos profundos, los pómulos altos, una boca esculpida y firme, el mentón cuadrado y arrogante.

En general, el efecto podría describirse como «electrizante».

No había otra palabra para describir al hombre que conversaba con su acompañante mientras miraba alrededor con desinterés... hasta que puso los ojos en ella.

Andy se quedó sin aliento.

Por alguna razón, había esperado que sus ojos fueran tan oscuros como todo lo demás, pero eran claros y preciosos, de color azul topacio. Unos ojos hipnotizadores.

El hombre enarcó una interrogante ceja oscura al notar su interés.

—Para morirse, ¿verdad?

—¿Perdón? —Andy seguía prendida de esa cautivadora mirada.

—El hombre al que estás mirando, cariño. ¿No te gustaría arrancarle la ropa y...?

—¿Hola? Tu marido está a tu lado —le recordó Colin.

—Esto es como ir de escaparates, mi amor —respondió su esposa, coqueta.

—Pues lo siento, pero hay cosas que son demasiado caras para ti —replicó él, burlón.

—Por eso digo que es como ir de escaparates, tonto —Kim se rio, empujándole el hombro en un gesto afectuoso.

Andy apenas prestaba atención a la conversación entre su hermana y su cuñado. Estaba concentrada en el desconocido, que esbozó una media sonrisa mientras su compañero y él seguían al maître hasta una mesa.

Sin darse cuenta, dejó escapar un trémulo suspiro, con el corazón aleteando como loco.

Los dos hombres se habían detenido frente a una mesa situada al fondo del local para saludar a una pareja de cierta edad que ya estaba sentada mientras el maître apartaba sus sillas.

Andy se dio cuenta de que no era la única que parecía cautivada. Otros clientes los miraban con descaro y las conversaciones se habían convertido en susurros; el aire estaba cargado de expectación.

Considerando que aquel exclusivo restaurante era frecuentado por los ricos y famosos, en general demasiado engreídos como para fijarse en nadie, ese hecho le pareció muy intrigante.

De hecho, se había sentido ligeramente abrumada por la elegante clientela cuando entró. La única razón por la que su hermana y su cuñado podían cenar en tan egregia compañía era que Colin trabajaba en la oficina de Londres de las Empresas Midas. Como empleado, podía reservar mesa en cualquiera de sus restaurantes para él y tres acompañantes una vez al año, usando además el descuento para empleados. Ninguno de ellos hubiera podido permitirse cenar allí de otro modo.

Lo mismo ocurría en la discoteca Midas, en el piso de arriba, que estaba reservada solo para socios. Y para ser socio había que ser aprobado por los dos hermanos Sterne, los multimillonarios propietarios de aquel imperio empresarial.

Y de parte del universo, o esa era la impresión.

Incluso ella, que era prácticamente una ermitaña, había oído hablar de los hermanos Darius y Xander

Sterne. Su cuñado le había contado que habían apare-
cido en el mundo de los negocios doce años antes,
cuando lanzaron una red social en Internet que había
crecido rápidamente y que vendieron tres años antes
por varios miles de millones de libras. Después de eso
habían sido imparables, comprando empresas electró-
nicas, líneas aéreas, productoras de cine y televisión,
cadenas hoteleras y exclusivos restaurantes como
aquel por todo el mundo.

Aparentemente, todo lo que tocaban se convertía
en oro. Y esa debía de ser la razón por la que habían
decidido llamar Midas a su imperio empresarial.

–No te preocupes, Andy –su hermana le dio una
tranquilizadora palmadita en la mano–. Todo el mundo
reacciona del mismo modo la primera vez que ven a
los hermanos Sterne.

–¿Son los hermanos Sterne? –repitió Andy, atónita.
Era lógico que todo el mundo se hubiese quedado mirando.

–Mellizos, para ser exactos –dijo Kim.

–¿Mellizos? –Andy abrió los ojos como platos–.
¿Estás diciendo que hay otro hombre como ese en el
mundo?

No podía ser.

El hombre que acababa de entrar en el restaurante
era único, con ese aspecto oscuro e imperioso. Desde
luego, no se podía imaginar que hubiese otro hombre
exactamente igual.

Ella sabía poco sobre la vida personal de los hermanos Sterne. Cuando empezaron a adquirir notorie-
dad, ella solo tenía trece años. Entonces estaba en la
escuela de ballet, totalmente centrada en ese mundo,

y prestaba poca atención a las fotografías de los ricos y famosos que salían en las revistas.

Y tras el accidente había estado demasiado ocupada intentando rehacer su vida como para interesarse por las vidas de los demás.

Su cuñado llevaba unos años trabajando para Empresas Midas, pero los hermanos Sterne vivían en un mundo completamente diferente al suyo; un mundo de dinero, poder y jets privados.

Pero si hubiera visto una fotografía del hombre que acababa de entrar en el restaurante lo recordaría.

–No, cariño. Ese es su hermano mellizo, el que está sentado a su lado –le explicó Kim.

Andy miró al hombre que había entrado con el atractivo moreno.

¿Era Darius o Xander Sterne? Los dos se habían sentado a la mesa y estaban charlando con la pareja.

Desde luego, no eran mellizos idénticos.

Si uno era oscuro y atractivo, el otro era claro y magnético. El segundo hombre tenía el pelo rubio, la piel dorada, los ojos castaños y una sonrisa que iluminaba sus facciones. Era alto, atlético como su hermano, con un impecable traje de chaqueta también hecho a medida.

En otras circunstancias, Andy hubiese encontrado más atractivo al segundo hombre, pero el moreno era tan arrebatadoramente apuesto que apenas se había fijado en él hasta ese momento.

El mellizo oscuro. El mellizo claro.

La mirada de Andy fue inexorablemente hacia el mellizo oscuro.

–¿Cuál es él?

−¿El guapísimo? Xander −respondió Kim.

−¿Hola? Sigo aquí −le recordó Colin, quien, con su pelo oscuro y sus ojos azules, podría ser descrito más bien como «normal».

−Tú sabes cuánto te quiero, mi amor −le aseguró Kim, apretando su mano−. Pero es imposible no admirar a un hombre tan guapo con Xander Sterne.

De nuevo, Andy apenas escuchaba la conversación entre Colin y su hermana, porque el mellizo oscuro acababa de mirar en su dirección y la pilló de nuevo observándolo.

−... ese precioso pelo rubio, esos grandes ojos castaños, ese cuerpo tan bien trabajado... −Kim seguía cantando sus alabanzas.

−Voy al lavabo. Os dejo babeando antes de que me acomplejéis −se excusó Colin, burlón.

−¿Xander es el rubio? −le preguntó Andy a su hermana cuando se quedaron solas.

−Sí, claro.

Ah, entonces a quien había estado mirando era a Darius Sterne.

−Pero el otro es... imponente −murmuró Andy, sin pensar.

−Yo no babearía, como ha dicho Colin tan elegantemente, por Darius −Kim hizo una mueca−. A mí me da miedo. Es tan oscuro... tan huraño...

Oscuro, frío, aterrador.

Sí, tuvo que reconocer Andy, Darius Sterne era definitivamente aterrador.

Si Xander era claro y alegre, Darius era lo opuesto, un hombre tan oscuro como el pecado por dentro y por fuera. Sus facciones eran tan formidables que parecía como si no sonriera nunca.

Pero ¿qué pasaría cuando lo hiciera?

¿Qué sentiría la mujer que pusiera una sonrisa en esos arrogantes y fríos labios? ¿Cómo sería zambullirse en una de sus carcajadas? ¿Ser la responsable de poner un brillo de alegría en esos preciosos ojos de color topacio?

O un brillo de deseo.

En ese momento, Andy decidió dejar de darle vueltas al asunto.

Los hombres como Darius Sterne, los multimillonarios como Darius Sterne, se corrigió a sí misma, no miraban a las mujeres como ella, que no sabían nada del enrarecido mundo del dinero y el poder en el que se movían los hermanos Sterne.

Y, sin embargo, Darius Sterne sí la había mirado.

Brevemente, tuvo que admitir, pero le había devuelto la mirada.

¿Tal vez porque la había pillado pendiente de él, con los ojos como platos y la boca abierta?

Bueno, sí, tal vez. Pero todo el mundo en el restaurante miraba a los hermanos Sterne. Tal vez no con la misma lujuria que ella, pero miraban.

¿Lujuria?

A juzgar por el cosquilleo de sus pechos y el calor que notaba por todo el cuerpo, eso era lo que sentía.

Aunque nunca, jamás, había respondido de una forma tan visceral ante un hombre.

Hasta los diecinueve años, su vida y sus emociones habían estado totalmente dedicadas a su carrera en el ballet, sin tiempo para el romance. Y tras meses de recuperación después del accidente había tenido que concentrarse en dar un nuevo rumbo a su vida.

Su sueño de convertirse en bailarina de ballet había terminado, pero ella no era de las que se rendían y no tenía intención de quedarse sentada, compadeciéndose de sí misma. En consecuencia, supo de inmediato que tenía que hacer algo.

Había tenido que esforzarse mucho y usar la mayor parte del dinero que sus padres les habían dejado a Kim y a ella cuando murieron, cinco años antes. Pero tres años después de haber tomado esa decisión, Andy había terminado su formación como profesora de danza clásica y había abierto un estudio para niños de cinco a dieciséis años. El ballet era lo único que conocía, después de todo. Y tal vez algún día, si tenía suerte, podría descubrir y formar a una *prima ballerina*.

Su vida personal había sido la primera víctima de todos esos duros años de trabajo, como bailarina y más tarde como profesora. En consecuencia, no había tenido relaciones íntimas antes del accidente. Ni después.

La muerte de sus queridos padres había sido un golpe terrible y centrarse en su amor por el ballet había sido una forma de afrontar esa pérdida. Pero, solo meses más tarde, un accidente había puesto fin a su carrera, sacudiendo los cimientos de su vida.

En los últimos cuatro años había recuperado parte de su confianza, al menos por fuera, pero nunca se había atrevido a mostrarle a un hombre las cicatrices que desfiguraban una parte de su cuerpo.

Sobre todo a un hombre tan apuesto y sofisticado como Darius Sterne, que sin duda saldría con las mujeres más bellas del mundo. Él no estaría interesado en alguien como ella, con cicatrices emocionales y físicas.

–¿Darius?

Darius miró por última vez a la guapa rubia que se encontraba al otro lado del restaurante antes de volver su atención hacia las tres personas que estaban sentadas a la mesa con él: su hermano mellizo, Xander, su madre y su padrastro.

Tres personas de las que se había olvidado mientras miraba a la rubia de grandes ojos verdes y aspecto frágil. El parecido entre las dos mujeres indicaba que probablemente eran hermanas y el hombre, sentado al lado de la segunda, debía de estar con ella y no con la rubia que había despertado su interés. Y no había un cuarto ocupante en la mesa.

La mujer poseía una belleza etérea, con su pelo rubio ceniza como una cortina de seda que le caía por debajo de los hombros y los enormes ojos verdes en un rostro de delicada perfección. Pero eran esos preciosos ojos verdes lo que había llamado su atención en cuanto entró en el restaurante.

Y eso era una sorpresa porque no era su tipo en absoluto; en general, le gustaban las mujeres un poco mayores y más sofisticadas que la joven rubia. Mujeres que no esperaban de él más que un par de noches en la cama.

Pero aquella rubia de ojos verdes tenía algo que había despertado su atención.

Había algo familiar en ella; cómo inclinaba a un lado la cabeza, la elegancia de sus movimientos...

Y, sin embargo, sabía que no la había visto antes. Porque la recordaría si así fuera.

Tal vez era ese aspecto delicado lo que había llamado su atención. Era tan esbelta que parecía como si un golpe de viento pudiese tirarla; sus brazos desnudos eran increíblemente delgados, las clavículas, visibles por encima del cuello del vestido negro. Tenía un rostro encantador: ojos verdes rodeados por largas y oscuras pestañas, pómulos marcados, nariz recta, labios gruesos y sensuales y una barbilla afilada, como la de un duendecillo. Y esos mechones lisos de color rubio ceniza, como rayos de luna, tentaban a un hombre a pasar los dedos por ellos.

¿Rayos de luna?

Jamás en su vida había sido tan lírico sobre el color y la textura del pelo de una mujer.

Fuese cual fuese la razón por la que se sentía atraído por ella, Darius tenía la impresión de que el sentimiento era mutuo. Había notado esos preciosos ojos verdes clavados en él desde que entró en el restaurante para reunirse con su madre y su padrastro.

Pero tal vez la razón por la que estaba tan interesado en la rubia era que no quería estar allí en absoluto.

Su desapego había hecho que se quedase a trabajar hasta última hora en la oficina. No había tenido tiempo de cambiarse de ropa y el ceño fruncido de su madre, cuando se inclinó para darle un rápido beso en la mejilla empolvada, mostraba a las claras su reproche porque Xander y su padrastro llevaban esmoquin y él no.

Aunque hacía años que no le preocupaba contar o no con la aprobación de su madre. Veinte años, para ser exactos. Desde la muerte del padre al que Xander y él habían odiado, y el marido al que Catherine había temido. El hombre al que Darius se parecía, al menos en apariencia. Sin duda, para Catherine era difícil mirar a un hijo que le recordaba tanto a un hombre al que había detestado.

Darius podía entender la aversión de su madre, pero su rechazo le dolía y la única forma de superar ese dolor era distanciarse. No era lo ideal, desde luego, pero a medida que pasaban los años se había convertido en la única forma de soportar la situación.

En consecuencia, madre e hijo apenas se dirigían la palabra. Por suerte, Xander se comportaba con su habitual urbanidad.

Su madre, Catherine, aún bella a los cincuenta y ocho años, también sonreía de cara a la galería porque, como todos, sabía que estaban siendo observados a hurtadillas.

Solo Charlie, o Charles, como su madre prefería que llamasen a su segundo marido, se mostraba tan cálido y afable como siempre, ignorando las miradas de la gente y la tensión que había en la mesa.

Aquel día era el cumpleaños de Catherine, y esa era la razón por la que estaban allí, pero la relación con su madre era tan mala que Darius había hecho el esfuerzo de aparecer esa noche solo por respeto y afecto hacia Charlie.

–¿No es hora de que brindemos por tu cumpleaños, madre? –preguntó, levantando su copa de champán–. No puedo quedarme mucho tiempo, tengo cosas que hacer.

Cuando miró hacia el otro lado del restaurante vio

que el acompañante de la segunda rubia había desaparecido. Probablemente, para ir al lavabo.

Su madre hizo un gesto de desaprobación.

–Me imagino que podrás concederme unas horas de tu tiempo.

–Desgraciadamente, no –respondió Darius sin el menor remordimiento.

–¡Habla con él, Charles! –Catherine se volvió hacia su marido.

–Ya has oído al chico, querida, tiene trabajo que hacer.

Charles Latimer, un hombre de pelo blanco entrado en años, adoraba a su esposa y hacía todo lo que estuviera en su mano para verla feliz, pero hasta él sabía que no debía discutir con Darius cuando tomaba una decisión.

–No ha dicho que tenga trabajo.

–Pero de eso se trata –afirmó Darius, ignorando la mirada acusadora de su hermano.

Había ido a cenar, ¿no? Estaba allí para celebrar el cumpleaños de su madre, como acudiría el fin de semana siguiente a una cena a beneficio de una de sus numerosas causas. ¿Qué más querían? Fuera lo que fuera, la frialdad entre Catherine y él era tal que Darius no estaba dispuesto a ceder.

Y miró de nuevo hacia el otro lado del restaurante porque había decidido que había otras cosas que le interesaban más.

–Estabas mirando a Xander, ¿no? –le preguntó Kim.

Tres años mayor que Andy, siempre se había tomado su papel de hermana protectora demasiado en serio, y más aún desde la muerte de sus padres.

Andy no respondió inmediatamente porque estaba mirando a Darius Sterne, que acababa de levantarse abruptamente de la silla.

La mujer que estaba sentada a la mesa era muy bella, de mediana edad, pelo rubio y ojos oscuros. Se parecía más a Xander Sterne. Tal vez era la madre de los mellizos, aunque no veía ningún parecido con Darius.

El hombre mayor que estaba con ellos no se parecía a ninguno de los dos, de modo que podría ser su padrastro.

No sabía cuál era la relación entre los mellizos Sterne y la pareja, pero era imposible no darse cuenta de la tensión que había en la mesa; una tensión que pareció aliviarse cuando Darius Sterne se levantó.

–No –respondió distraídamente, sin apartar los ojos de él hasta que desapareció por un pasillo, sus elegantes movimientos recordaban a los de un depredador. Un poderoso y elegante jaguar, tal vez, o acaso un tigre. Definitivamente, algo salvaje y mortal de necesidad.

–No te molestes en mirar a Darius Sterne –se apresuró a decir Kim–. Es guapísimo, pero no es para ti, cariño. Bueno, no es para ninguna mujer sensata –añadió su hermana.

Andy tuvo que tomar un sorbo de champán porque se le había quedado la boca seca.

–Desde hace años, las revistas publican cotilleos sobre Darius Sterne. Sobre sus perversiones –siguió Kim cuando Andy o respondió.

–No estarás hablando de magia negra, ¿verdad?

–No, más bien de látigos y cinturones.

Andy estuvo a punto de atragantarse con el champán.

–¡Kim! –exclamó por fin, incrédula–. ¿Por qué todo el mundo está tan obsesionado con eso últimamente?

No podía imaginarse nada más denigrante para una mujer que un hombre poniéndole un collar de perro y exigiendo que lo llamase «amo» o algo parecido. O que la atase a la cama para hacer lo que quisiera con ella. O exigiendo que se pusiera sumisamente de rodillas hasta que le diese la orden de levantarse. Se le ponía la piel de gallina al pensar en un hombre tratando así a una mujer.

Incluso un hombre que le parecía tan fascinante como Darius Sterne.

Su hermana se encogió de hombros.

–Ah, yo no soy responsable de los cotilleos que corren sobre él.

–Pero eres responsable de leerlos –le recordó Andy–. Lo que publican en la prensa amarilla casi siempre es pura fantasía, especulaciones sensacionalistas y titulares escabrosos para animar a la gente a que compre esas revistas.

–Pero ya sabes lo que dicen: donde hay humo, hay fuego.

–Y también sé lo que decía mamá: que no es sensato, ni justo, escuchar rumores y que deberíamos formarnos nuestra propia opinión sobre la gente.

–Si mamá estuviera aquí te diría que no hay nada sensato en sentirse atraída por un hombre como Darius Sterne –replicó su hermana.

Al mencionar a su madre, las dos se pusieron serias. Cuando sus padres murieron, Kim tenía veintiún años y Andy dieciocho. Había sido una pérdida devastadora para las dos, pero con el paso del tiempo habían aprendido a agradecer el tiempo que disfrutaron con ellos. Andy siempre agradecería que, al menos, hubieran vivido lo suficiente como para ver a Kim casada con Colin, y también que estuvieran presentes la noche que ella debutó como primera bailarina en *Giselle*, con la compañía de ballet más prestigiosa de Inglaterra.

Pero seis meses después de su muerte sufrió un accidente tras el que no podría volver a bailar en público.

Andy intentó sacudirse la tristeza que le producía ese recuerdo, incluso cuatro años después. Tenía su estudio y, poco a poco, a veces muy poco a poco, estaba consiguiendo lo que quería. Además, tenía su propio apartamento encima del estudio y eso era más de lo que tenía mucha gente.

—No te preocupes por eso, Kim. No creo que vuelva a ver a Darius Sterne en mi vida. Como tú misma has dicho, es agradable ir de escaparates.

—¡Chicas, no vais a creer lo que acaba de pasarme en el lavabo! —anunció Colin cuando volvió a la mesa, mirándolas con gesto ilusionado.

Su mujer enarcó una ceja.

—¿Queremos saberlo?

—Desde luego que sí. ¡No es nada malo, Kim! —Colin frunció el ceño—. En serio, a veces tienes la mente muy sucia, amor mío.

—Esta conversación me suena —Andy se rio, mirando a su hermana–. Kim me ha estado contando cotilleos sobre el licencioso comportamiento de los mellizos Sterne –le explicó a Colin.

–Uno de los mellizos Sterne –la corrigió Kim–. Seguro que Xander es tan caballeroso y encantador como parece.

Andy soltó un resoplido de incredulidad. Xander Sterne podría no ser tan serio como su hermano mellizo, pero un hombre con su edad y su dinero, y con ese aspecto de adonis, no seguiría soltero si fuese «un caballero» tan encantador como su hermana parecía creer.

Con tanto dinero seguramente podían elegir y, además, sería difícil para ellos saber cuándo una mujer los quería por ellos mismos o por sus millones. Pero, aun así, era raro que dos hermanos tan jóvenes y atractivos nunca se hubieran casado.

Bueno, al menos eso era lo que ella creía. En realidad, sabía muy poco sobre los Sterne. Tal vez estaban casados y habían dejado a sus esposas y docenas de hijos en casa.

Si era cierto, el flirteo de Darius Sterne con ella era más que cuestionable.

Andy decidió buscar a los hermanos Sterne en Internet en cuanto llegase a casa. Con especial énfasis en descubrir algo más sobre Darius.

–¿Debo entender entonces que estabais cotilleando sobre Darius Sterne? –Colin lanzó sobre Kim una mirada de irritación–. ¿Os dais cuenta de que es uno de mis jefes? ¿Que no estaríamos aquí esta noche si no fuese por él? Hablando de morder la mano que te da de comer...

Kim se puso colorada.

–Solo estaba repitiendo lo que he leído en las revistas.

–¿Esas revistas de cotilleos que encumbran la felicidad marital de una pareja durante un mes para crear rumores de separación el mes siguiente?

–En eso tiene razón, Kim –Andy sonrió.

Su hermana adoptó una pose de dolida superioridad.

–Bueno, venga, ¿qué ha pasado en el lavabo, Colin?

–Ah, sí –el juvenil rostro de su cuñado se iluminó–. Estaba lavándome las manos cuando... ¿a que no adivináis quién entró por la puerta?

Andy le dio un vuelco el corazón porque sabía perfectamente quién había entrado en el lavabo.

La persona que se había levantado de la mesa un minuto después de que lo hiciera su cuñado.

–Darius Sterne –confirmó Colin, emocionado–. Y me ha hablado. Llevo siete años trabajando para los hermanos Sterne y los había visto alguna vez en el edificio, pero nunca había hablado con ninguno de ellos.

Kim miró a Andy de reojo antes de volverse hacia su marido.

–¿Y qué te ha dicho?

–No os lo vais a creer. La verdad es que ni yo mismo puedo creérmelo.

–¿Qué te ha dicho? –insistió Kim, con los dientes apretados.

–Si dejas de interrogarme, a lo mejor tengo oportunidad de contártelo –bromeó Colin, que estaba pasándoselo en grande teniéndolas en ascuas.

—Andy, tú eres testigo de lo irritante que puede ser mi marido. Voy a estrangularlo si no me cuenta ahora mismo qué le ha dicho Darius Sterne —en los ojos pardos de Kim había un brillo de advertencia.

Andy estaba demasiado sorprendida por la emoción de Colin como para tomarse en serio la amenaza de su hermana. Y, como ella, estaba en ascuas, deseando saber lo que Darius le había dicho para emocionarlo de tal modo.

Capítulo 2

DARIUS, con expresión seria, miraba la discoteca desde la ventana de su despacho situado en el segundo piso.

El local estaba lleno de gente, como cada noche, los ricos y famosos deseaban ver y ser vistos como clientes del prestigioso club solo para socios.

Todo allí era tan opulento como el restaurante del piso de abajo; las paredes estaban recubiertas con papel de seda dorado, la pista de baile era de brillante mármol, como las columnas que sujetaban la galería del segundo piso, donde la gente podía tomar una copa u observar a otros clientes. Las mesas eran de mármol con pedestales dorados y se hallaban rodeadas de cómodos sofás de cuero negro.

Y Darius, con las manos en los bolsillos del pantalón y el ceño fruncido, observaba todo aquello desde la ventana de su despacho.

Las luces de colores animaban la pista de baile, llena de gente girando al ritmo de la música. Los camareros uniformados servían champán, licores y cócteles a los clientes que estaban frente a la barra o en las mesas que rodeaban la pista.

Pero era un reservado en particular donde la mirada

de Darius había estado clavada durante la última media hora.

Estaba vacío, a pesar de tener un cartelito de *Reservado* en el centro de la mesa.

Darius apretó los labios, irritado y decepcionado. Había esperado que la rubia de ojos verdes aceptase el desafío que había puesto sobre la mesa cuando la invitó a tomar una copa. A ella y a su familia, por supuesto. O eso le había dicho a Colin Freeman, que resultó ser un empleado de Empresas Midas, cuando prácticamente lo acosó en el lavabo.

Pero ese reservado vacío parecía estar riéndose de él.

Había sido un tonto por esperar otra cosa. La guapa rubia no podía apartar los ojos de él. ¿Y qué? ¿No se quedaba el ratón hipnotizado por la cobra?

Sin duda, la razón de su interés era que sabía quién era y había oído los rumores del peligro que representaba. Un peligro que, sin duda, sería todo lo opuesto a su segura vida. Un peligro que se sentía cómoda observando desde lejos, pero con el que no tenía valor para enfrentarse cara a cara...

Sintió un cosquilleo de advertencia en la espina dorsal y cuando levantó la mirada se encontró con la rubia en la puerta de la discoteca.

Su cuñado se había referido a ella como «Andy» cuando hablaron en el lavabo. Un nombre tan masculino para una mujer de aspecto tan femenino...

Colin Freeman habló con Stephen, el jefe de seguridad, al que Darius había advertido de su llegada, y un segundo después los tres lo seguían hacia el reservado.

Andy caminaba delante de su hermana y su cuñado, con la cabeza alta, casi en un gesto desafiante. Casi como si supiera que estaba mirándola. Al caminar, el pelo rubio ceniza se movía como una cascada de seda sobre sus hombros.

Era más alta de lo que había pensado, seguramente, un metro setenta y cinco descalza, pero más con esas sandalias negras de tacón. Aunque eran tacones discretos en comparación con los zancos que llevaban algunas mujeres en la discoteca.

Su discreto vestido negro sin mangas revelaba unos brazos esbeltos y bien formados, pero era de escote cerrado y le llegaba por la rodilla, un enorme contraste con las minifaldas que llevaban las demás chicas.

Darius se dio cuenta de que no era su tipo en absoluto. Y, sin embargo...

—Andy es nombre de hombre.

Andy apretó la copa de champán que tenía en la mano al escuchar esa voz masculina tras ella. Una voz sexy, ronca, que sin la menor duda pertenecía a Darius Sterne.

¿Quién podía ser si no?

Kim y Colin estaban en la pista de baile en ese momento y, sin duda, seguirían discutiendo. Ella no quería subir a la discoteca, pero Colin había insistido en que debían hacerlo porque sería una grosería no aceptar la invitación de su jefe.

Una discusión en la que Andy no se había metido porque no sabía a quién apoyar. Por un lado, quería subir para ver si Darius estaba allí, por otro, esperaba que no estuviera.

La voz que acababa de escuchar respondía a esa pregunta.

Pero la repentina aparición de Darius, cuando por fin Colin había convencido a Kim para ir a la pista de baile, hizo que se cuestionase la razón por la que su cuñado estaba recibiendo ese trato especial por parte del dueño de Empresas Midas.

Se había sentido observada cuando llegaron a la discoteca, como si unos ojos siguieran todos sus movimientos mientras se dirigía a la mesa. Y, aunque había notado el interés de varios hombres, no era suficiente para producirle ese cosquilleo en la nuca.

Y la sensación había persistido.

Pensar que Darius pudiera haber estado observándola hizo que se sintiera incómoda.

Irguió los hombros y ordenó a sus dedos que dejasen de temblar mientras se daba la vuelta. No iba a quedarse mirándolo con cara de tonta.

Pero tuvo que tragar saliva al estar tan cerca de Darius Sterne.

Era tan alto, tan pecadoramente oscuro y atractivo bajo las tenues luces de la discoteca...

Tuvo que hacer un esfuerzo para respirar mientras se pasaba la lengua por los labios.

—En realidad, me llamo Miranda.

Darius asintió. Le gustaba su voz. Y el nombre, mucho más femenino que Andy.

Miranda era un nombre que un hombre podía murmurar al oído de una mujer mientras le hacía el amor...

Estaba lo bastante cerca como para tocar su sedoso pelo. Su piel era pálida y luminiscente, en contraste con el vestido negro. Apenas llevaba maquillaje, solo un poco de rímel en las pestañas y brillo de color melocotón en los labios. De cerca podía ver que sus ojos no eran solo verde esmeralda como había pensado, sino que tenían puntitos dorados y azules. Eran unos ojos inusualmente bonitos para una mujer inusualmente bella.

Una mujer bella que, de nuevo, conseguía excitarlo con una sola mirada. Y más al ver que se pasaba la lengua por esos labios carnosos antes de hablar con una voz tan sexy...

Una voz que se podía imaginar gritando su nombre mientras llegaban juntos al orgasmo.

–¿Te importa que me siente contigo? –Darius le hizo un gesto a un camarero, que dejó una cuarta copa de champán sobre la mesa antes de desaparecer discretamente.

Miranda enarcó una rubia ceja.

–Parece que no necesita mi permiso.

–No, ¿verdad? –Darius esbozó una sonrisa mientras se sentaba de espaldas a la pista de baile para que no pudiese mirar a nadie más que a él.

–¿Debemos darte las gracias a usted por el champán?

Él asintió con la cabeza.

–Es el mismo champán que habéis tomado durante la cena.

–¿Se ha fijado en eso desde el otro lado del restaurante? –preguntó Miranda, con el ceño fruncido.

–Le he preguntado al sumiller –Darius se sirvió una copa, sin dejar de mirarla a los ojos.

–Estamos de celebración.

–Ah.

–Hoy es mi cumpleaños.

Él hizo una mueca. Qué extraña casualidad que cumpliese años el mismo día que su madre.

–Cumplo veintitrés –siguió Miranda, porque su silencio la ponía nerviosa.

De modo que tenía diez años más que ella. Y una vida entera de experiencia. Otra razón por la que debería alejarse de aquella mujer.

–¿Quieres bailar? –se oyó decir a sí mismo. Su cerebro o, más bien, otra parte de su anatomía, tenía otras ideas sobre el tema.

–No, gracias.

–¿No? Es una negativa muy drástica.

–No me gusta bailar en público.

Los ojos verdes se clavaron en los suyos con determinación.

Darius notaba la tensión de sus hombros y cómo apretaba la copa de champán. Quizá la ponía nerviosa, pero tenía la impresión de que era algo más.

–¿Solo en privado? –preguntó en voz baja.

–No, tampoco.

–¿Por qué no?

Ella parpadeó varias veces, como intentando recuperar la compostura.

–Tal vez no se me dé bien.

Darius no podía creérselo porque todo en ella era gracia y elegancia: el delicado arco de su garganta, cómo se movía, sus largos dedos, las largas y bien torneadas piernas.

Incluso tenía bonitos los dedos de los pies. Unos dedos elegantes que podía imaginarse acariciando sus muslos en la cama.

–Bueno, ahora cuéntame cuál es la verdadera razón –insistió él, con más sequedad de la que pretendía.

Andy dio un respingo. No solo por lo perceptivo que era, sino por su habilidad para ir directo al grano. Sin duda, eso lo convertiría en un buen empresario, pero a ella le parecía desconcertante.

Todo en aquel hombre era desconcertante. Desde los anchos hombros al estómago plano bajo la camisa negra, las largas y fuertes piernas o esas facciones impresionantes, dominadas por una intensa mirada de color topacio clavada en ella.

Tuvo que hacer un esfuerzo para sonreír.

–Sabe mi nombre y se ha sentado sin esperar invitación, pero por el momento no se ha molestado en presentarse.

–¿Para qué? Tú sabes quién soy.

Sí, eso era verdad. Pero no sabía por qué estaba hablando con ella o, más bien, flirteando descaradamente con ella.

Solo había que mirarlo para saber que un hombre como él no necesitaba halagar a una mujer para seducirla. Estaba demasiado seguro de sí mismo, de su atractivo, como para rebajarse.

Pero estaba flirteando con ella, de eso no había duda.

Y su cuerpo reaccionaba de una forma insospechada ante ese flirteo, con los pezones empujando contra la tela del vestido y un calor inaudito entre las piernas.

Darius Sterne estaba flirteando con ella y Andy no entendía por qué se molestaba cuando había tantas mujeres guapas en el local. Mujeres que estarían encantadas de bailar con él o de hacer cualquier otra cosa con él o para él.

–Sí, lo sé –dijo por fin–. Es muy amable por su parte que nos haya invitado a tomar una copa en la discoteca, señor Sterne.

–Déjate de juegos, Miranda –replicó él con tono desabrido.

–No sé qué quiere decir.

–Los dos sabemos que os he invitado a la discoteca para conocerte. Tu hermana y tu cuñado son irrelevantes.

Andy miró hacia la pista de baile, maldiciendo en silencio cuando no logró localizarlos entre la gente. Cada vez le costaba más trabajo mantener una semblanza de cortesía con un hombre que se negaba a ser amable y civilizado.

–Aún no has respondido a mi pregunta. ¿Por qué no bailas en público?

Era como si pudiese ver en las profundidades de su alma, desentrañando todas sus esperanzas, todos sus sueños.

Y cómo la mayoría de ellos habían sido aplastados cuatro años antes.

La idea era ridícula, por supuesto. Aquel hombre no sabía nada sobre ella.

–Ah, espera un momento, ahora entiendo por qué tu cara me resultaba familiar –dijo Darius entonces–. Eres Miranda Jacobs, la bailarina.

Andy contuvo el aliento.

–No, ya no –respondió a toda prisa–. Perdóneme, tengo que ir al lavabo.

Tomó su bolsito negro con intención de escapar, pero Darius la sujetó por la muñeca. No con fuerza, pero sí con la suficiente firmeza como para que no pudiera moverse.

La intensidad de su mirada hizo que la protesta muriese en sus labios. Sabía por instinto que Darius no era un hombre que aceptase órdenes de nadie.

Parpadeó rápidamente al notar que se le nublaba la vista. Pero no iba a ponerse a llorar, qué tontería, y menos delante de Darius Sterne.

–Por favor, suélteme, señor Sterne.

–Darius.

Ella sacudió la cabeza.

–Por favor, suélteme.

Él no apartó la mano. Al contrario, empezó a acariciar el sitio en el que le latía el pulso con la yema del pulgar, excitándola, cuando unos segundos antes solo había querido escapar.

–Yo estaba allí esa noche, hace cuatro años, Miranda –Darius notaba el salvaje latido de su pulso bajo la yema de los dedos–. Estaba en el teatro esa noche, la noche del accidente –añadió para que no hubiera ninguna duda.

–No –protestó ella, casi sin voz.

–Sí.

Darius recordaba con claridad, casi a cámara lenta, cómo la joven bailarina había parecido tropezar con algo antes de perder el equilibrio y caer del escenario.

La exclamación del público fue seguida de un tenso silencio. La música cesó y los demás bailarines se quedaron inmóviles en el escenario, esperando conocer la gravedad de las lesiones.

Saber que era Miranda Jacobs, la bailarina aclamada por los críticos que tuvo que retirarse cuatro años antes, tras una malograda interpretación de Odette en *El lago de los cisnes*, explicaba muchas cosas sobre ella.

Que su rostro le hubiese parecido familiar, por ejemplo.

O su natural, casi etérea delgadez.

La gracia de sus movimientos; una gracia con la que parecía hacerlo todo, desde caminar a sentarse cruzando los tobillos o llevarse la copa de champán a los labios.

Incluso la intensa vulnerabilidad que podía ver en sus ojos.

Había tocado un tema muy doloroso. Y era lógico, porque solo cuatro años antes, Miranda Jacobs había sido aclamada por los críticos como «la nueva Margot Fonteyn». Había sido una maravilla mirarla esa noche, bailando con un talento hipnotizador. Al día siguiente, los titulares daban la noticia del terrible accidente que podría destruir su corta y prometedora carrera.

Esos mismos periódicos habían dado a conocer días después que sus lesiones eran tan graves que nunca podría volver a bailar.

Sobre un escenario, pero no en una pista de baile.

Darius se levantó abruptamente y tiró de ella.

—Vamos a bailar.

—No —dijo ella, con expresión asustada.

—¿Hay alguna razón médica para que no puedas bailar una canción lenta?

Sus ojos resplandecían como esmeraldas.

—No estoy discapacitada, señor Sterne, pero ya no puedo bailar de manera profesional.

—Entonces, vamos —el tono de Darius no admitía réplica mientras le soltaba la mano para tomarla por la cintura.

Cuando llegaron a la pista de baile empezó a sonar una canción lenta.

–Ah, qué coincidencia –murmuró Miranda.

–No, en realidad, no lo es. El DJ estaba advertido –declaró Darius sin el menor remordimiento. Quería tener a aquella mujer entre sus brazos y no pensaba fingir.

Ella sacudió la cabeza y la cortina de pelo se movió sobre sus hombros mientras ponía una mano en su torso con intención de empujarlo.

–De verdad no quiero bailar, lo siento.

–Mentirosa –Darius, arrogante, se negaba a soltarla.

El brazo en la cintura femenina le permitía notar el temblor que recorría su cuerpo. Muy parecido al aleteo de un pájaro herido deseando liberarse.

Maldita fuera, estaba poniéndose poético otra vez.

La actitud distante de su madre hacia él durante los últimos veinte años le había enseñado que las mujeres eran veleidosas y frías, y que no se podía confiar en sus sentimientos.

Y él no tenía relaciones con mujeres complicadas o atormentadas como Miranda Jacobs. Llevaba suficiente carga emocional, igual que el resto de su familia, como para cargar con la de otra persona. De hecho, no tenía relaciones salvo en el dormitorio. Como para rascarse un picor.

Pero él mismo había forzado el baile y ya no podía echarse atrás.

–Mueve los pies, Miranda –la animó con voz ronca.

Tomó sus manos para ponerlas sobre sus hombros

y empezó a moverse al ritmo de la música para que hiciese lo que le pedía.

Era tan delgada que casi temía hacerle daño. Y, si temía eso bailando con ella, hacer el amor sería imposible.

Pero eso ya ni siquiera era una posibilidad.

Hacer el amor con aquella mujer sabiendo quién era, o quién había sido, era imposible. Era demasiado vulnerable. Un baile y todo habría terminado. Después, la llevaría al reservado y volvería a su despacho hasta que su familia y ella se hubieran ido de la discoteca.

Para no volver nunca.

Sí, eso era lo que iba a hacer.

Su pelo era muy suave cuando apoyó en él la mejilla. Los mechones plateados olían a limón y a algo más intenso, jazmín quizá, provocando una reacción que, estando tan cerca, Miranda tenía que notar.

Al principio, Andy se sentía demasiado turbada por estar bailando en público, aunque fuese en la abarrotada pista de una discoteca, como para notar nada. Pero, a medida que sus nervios se calmaban, no podía negar cómo la afectaba el hombre con el que estaba bailando.

Descalza medía un metro setenta y cinco, pero incluso añadiendo unos centímetros con los tacones, Darius le sacaba una cabeza. Los anchos hombros, los bíceps marcados bajo la chaqueta y el firme estómago dejaban claro que no pasaba todo el día en el despacho, contando sus millones.

Bueno, no, estaba segura de que Darius pasaba mucho tiempo haciendo ejercicio en su dormitorio. En posición horizontal.

El roce de sus duros muslos y la nada sutil fricción del erguido miembro contra su abdomen, le había hecho olvidar que estaba bailando en público por primera vez en mucho tiempo. En realidad, era más bien arrastrar los pies, pero estaba bailando.

Con Darius Sterne.

Darius debía de tener al menos diez años más que ella y, con toda seguridad, mucha más experiencia. Era un hombre que sin duda cambiaría de compañera de cama tan a menudo como sus subordinados cambiarían las sábanas, que sería muy a menudo.

Y sabía que esas sábanas serían de satén negro...

¿Lo sabía?

¿Significaba eso que se imaginaba compartiendo esas sábanas con él? ¿Compartiendo su cama?

Debería haber seguido el consejo de Kim. Darius se la comería viva, la poseería por completo, la devoraría. Centímetro a centímetro.

Sintió un estremecimiento por la espina dorsal; un estremecimiento de placer, de anhelo por lo que Darius podría darle.

No, no podía ser. ¿Qué estaba pensando?

Sin duda, otras mujeres se sentirían halagadas por haber atraído la atención de un hombre como él. Saber que había orquestado aquel encuentro antes de ir a buscarla, notar su erección mientras bailaban, tan pegados...

Otras mujeres se sentirían halagadas, pero ella no. Andy no podía permitirse el lujo de sentirse halagada por las atenciones de un hombre tan peligroso como él, sabiendo que no llevaría a ningún sitio.

Cuatro años antes, sus sueños se habían hecho pedazos. El sueño de ser una *prima ballerina*, que había tenido desde los cinco años, había muerto cuando cayó del escenario y se rompió la cadera y el fémur derechos.

Habían sido necesarios años de operaciones y horas de rehabilitación para que pudiese volver a caminar y salir de una depresión que amenazaba con enterrarla, pero lo había conseguido.

Lo único que conocía era el ballet. Había vivido, mascado y respirado ese mundo durante tanto tiempo que no podía apartarse de él y abrir su propio estudio de danza le había parecido la solución más sensata.

Pero para ello había tenido que trabajar mucho. Había estudiado sin descanso para conseguir el certificado de estudios de enseñanza seis meses antes de abrir su estudio, pero aún tenía mucho camino que recorrer para conseguir el éxito con el que soñaba.

Y no tenía ni tiempo ni energía para coquetear con un hombre como Darius Sterne. Un hombre que, sin duda, les rompía el corazón a las mujeres a diario. Un hombre que dejaba claro que esas mujeres le importaban un bledo. No eran más que simples conquistas, hermosos cuerpos para disfrutar en la cama y olvidar a la mañana siguiente.

Pero su cuerpo ya no era hermoso. ¿Cómo iba a serlo cuando llevaba las cicatrices de tantas operaciones?

Se apartó de sus brazos en cuanto la canción terminó.

–Gracias por el champán... y por el baile –su voz sonaba tensa, su sonrisa era tensa–. Ahora, si me perdona, mi hermana y mi cuñado están esperándome en la mesa. Sin duda, es hora de marcharnos –añadió, incómoda.

Darius frunció el ceño.

–Pero aún es temprano.

–Tal vez lo sea para usted, pero algunos de nosotros tenemos que madrugar.

–¿Para hacer qué?

Ella levantó la barbilla.

–Tengo un estudio de ballet, doy clases a niños. Y ahora, si me perdona...

–¡No!

Andy se quedó sorprendida por ese tono tan vehemente.

–¿Cómo que no?

Una cosa era que Darius hubiese decidido que no podía llevar más lejos su atracción por aquella mujer, y otra que fuese Miranda quien le diera la espalda.

Maldita fuera, ¿se había vuelto tan arrogante que no podía aceptar una negativa?

Pues sí, era así de arrogante.

Porque sabía que Miranda sentía interés por él.

La tensión sexual que existía entre los dos había sido palpable abajo, en el restaurante, y más aún cuando empezaron a bailar.

–Podríamos cenar juntos mañana –se le ocurrió decir mientras ponía una mano en su brazo.

–Yo... ¿qué? No, no puedo –Miranda se había puesto colorada hasta la raíz del pelo.

–¿Por qué no?

Darius frunció el ceño y ella sacudió la cabeza, impaciente.

—Le agradezco mucho la invitación porque ha hecho que mi cumpleaños fuese más especial, pero esto... esto no va a ningún sitio.

—Solo te he invitado a cenar, Miranda, no a ser la madre de mis hijos —le recordó él, en tono burlón.

Andy sintió que le ardían las mejillas.

—¿Cuándo fue la última vez que invitó a una mujer a cenar sin esperar acostarse con ella? —le espetó, levantando la barbilla en un gesto desafiante.

—¿Y por qué estás tan segura de que eso no va a pasar contigo?

Andy no estaba segura de nada. Ese era el problema.

Sería demasiado fácil dejarse llevar por su hipnotizador atractivo, pero todo se iría abajo cuando él viera sus imperfecciones físicas.

Imperfecciones físicas que, sin duda, despertarían compasión o disgusto. Y ella no quería ninguna de esas cosas.

—He dicho que no. No voy a cenar con usted, señor Sterne, ni mañana ni ningún otro día.

Se soltó de un tirón y, sin esperar respuesta, se dirigió a la mesa con paso decidido, alejándose de un hombre capaz de robarle el corazón para pisotearlo sin miramientos.

Capítulo 3

HE PENSADO que sería mejor esperar a que se fueran tus angelitos.

Andy se quedó helada al oír la voz de Darius Sterne al otro lado del estudio, con la mirada clavada en la pared de espejos en la que podía verlo reflejado.

Había pasado una semana desde que se conocieron y tenía un aspecto tan formidable como siempre. Aquel día llevaba un traje de chaqueta gris y una camisa de un tono más claro bajo el abrigo oscuro. Su pelo, un poco alborotado, enmarcaba esas facciones patricias, los ojos de color topacio estaban clavados en ella con intensidad.

La última clase de la tarde había terminado y estaba frente a la barra, repitiendo la rutina de ejercicios y estiramientos que hacía al final de cada día, antes de subir a su apartamento para ducharse y cambiarse de ropa.

¿Qué demonios hacía Darius allí?

No recordaba haberle dicho dónde estaba su estudio.

Pero si Darius Sterne quería descubrir dónde estaba solo tendría que ordenarle a uno de sus empleados que lo buscase.

La cuestión era: ¿por qué estaba allí?

Andy había intentado no pensar en aquel hombre tan turbador durante toda la semana. O en la respuesta física sin precedentes que le había provocado.

Y, en general, lo había conseguido. Pero al oír aquella inesperada voz, al ver su imagen reflejada en la pared de espejos, supo que intentar olvidarse de él había sido una pérdida de tiempo. Podía sentir calor entre las piernas y sus pechos hinchándose de deseo.

Y esas eran las razones por las que no podía darse la vuelta. Siguió mirando el espejo, apretando la barra hasta que se le pusieron blancos los nudillos.

—He tenido que separar a dos de esos «angelitos» antes de empezar la clase. Estaban discutiendo sobre quién llevaba el maillot más bonito —bromeó por fin.

—Ah, entonces están a punto de convertirse en mujeres —dijo él.

—Tal vez —murmuró Andy—. ¿Qué hace aquí, señor Sterne?

En ese preciso momento, Darius tenía que hacer un considerable esfuerzo de voluntad para controlar el deseo de atravesar el estudio y besar sus deliciosos labios.

¿Quién se hubiera imaginado que una mujer podía estar tan sexy con unos leotardos?

Que Miranda Jacobs, específicamente, pudiera estar tan sexy con unos leotardos blancos, un maillot y unas zapatillas de ballet.

El maillot abrazaba su cuerpo, destacando los pequeños, pero perfectos, pechos, los pezones duros y abultados como frambuesas. Darius admiró su estrecha cintura, la leve curva de sus caderas, su trasero pequeño y respingón, las piernas largas y bien torneadas.

Era una obra de arte.

Llevaba el pelo sujeto en un moño, iba sin maquillaje y tenía las mejillas sonrosadas por el esfuerzo físico. Sin duda por culpa de la docena de ruidosas niñas que acababan de salir del estudio con sus madres.

Por alguna razón, no había esperado que Miranda llevase los mismos leotardos blancos que sus alumnas. O que una sola mirada a ese esbelto cuerpo pudiese despertarle una dolorosa erección.

Era una reacción que no mejoraba su estado de ánimo en absoluto. Había pensado en aquella mujer más de lo que debería durante la semana, en medio de reuniones, en un par de vuelos, en la ducha, en su cama vacía...

—¿Señor Sterne?

Mientras él estaba pensando cómo y cuándo le gustaría acostarse con ella, Miranda se había vuelto para mirarlo con cara de sorpresa.

Miranda Jacobs era todo lo que Darius evitaba en una mujer.

Y, sin embargo, allí estaba. Una semana después de su primer encuentro, excitado como un adolescente.

Había tenido intención de acostarse con otras mujeres en los últimos días, o noches, para ser exactos, pero la imagen de una delgada rubia de ojos verdes aparecía en su cabeza, desinflando su deseo de buscar a otra mujer.

Cada vez que entraba en la ducha o se metía en la cama por la noche se la imaginaba con ese pelo rubio ceniza extendido sobre la almohada y un brillo invitador en los fascinantes ojos verdes... era imposible conciliar el sueño y un fastidio tener que encargarse de solucionar él mismo tan enojosa situación.

Y, desde luego, no le gustaba que la imagen de Miranda apareciese en su cabeza durante las reuniones. Como le había pasado en Pekín unos días antes.

Tenía que hacer algo y la única solución que se le ocurría era acostarse con ella para apartarla de su mente.

Y, si para acostarse con ella tenía que cortejarla e invitarla a cenar, aunque esa parte podría ser difícil para alguien de su naturaleza taciturna, eso era lo que iba a hacer. Aunque solo fuera por su salud mental.

–Tenía la impresión de que ya no bailabas.

–Solo lo suficiente para mostrar los movimientos a mis alumnas –sin pensar, Andy se llevó una mano a la cadera, aunque sabía que las cicatrices quedaban ocultas por los leotardos–. ¿Por qué está aquí, señor Sterne?

Él respiró hondo.

–He venido para invitarte a una cena benéfica el sábado por la noche.

Decir que Andy se quedó sorprendida sería quedarse corto.

Había buscado su nombre en Internet y sabía que Darius no estaba ni había estado casado, o comprometido siquiera. De hecho, y por la información que había sobre él, a los treinta y tres años nunca había tenido ninguna relación seria.

Pero, curiosamente, la información no era tan detallada como esperaba.

Había muchos artículos sobre su éxito profesional. Aparentemente, su hermano y él eran los dueños de la mitad del universo, como había pensado.

Había numerosas fotografías de Darius en sitios exóticos, siempre con mujeres hermosas, la mayoría altas y voluptuosas morenas.

Pero la vida privada de Darius Sterne parecía ser exactamente eso: privada.

Había descubierto cosas sobre su vida académica y profesional, como el nombre de los colegios en los que había estudiado y el título conseguido en la universidad de Oxford. Y también sobre la red social que había creado con su hermano mellizo y que dio lugar al imperio Midas.

También había alguna breve mención a la muerte de su padre cuando él tenía trece años y sobre el segundo matrimonio de su madre cuando tenía catorce. Pero eso era todo. No había nada trascendente sobre la personalidad de Darius. Nada sobre él como hombre o su relación con el resto de la familia, aparte de su sociedad con Xander.

Y, a pesar de las advertencias de Kim sobre sus escabrosos gustos eróticos, no había ningún artículo escrito por una mujer despechada.

Aunque sospechaba que la razón para esto último era que Darius tenía una gran influencia en los medios de comunicación.

También sabía que vivía en un lujoso ático en Londres, y que poseía varias casas en otras capitales importantes como Nueva York, Hong Kong o París.

Pero ninguna de esas cosas contaba nada realmente personal.

Después de leer todo lo que pudo encontrar sobre Darius, lo único que sabía era que ella no era su tipo en absoluto.

Y, sin embargo, allí estaba, invitándola a salir.

−¿Por qué?

Andy se cubrió el cuello y los hombros con una

toalla, asegurándose de que ocultase sus pechos. Le ardían las mejillas mientras atravesaba el estudio, por suerte sin la leve cojera que a veces padecía cuando estaba cansada.

¿Y por qué la intensidad de su mirada conseguía hacerla sentir como si estuviera desnuda?, se preguntó, irritada.

–Solo faltan dos días para el sábado –añadió cuando llegó a su lado–. ¿La mujer con la que había quedado ha cancelado la cita a última hora?

Si la acompañante de Darius Sterne se había echado atrás en el último momento, seguramente habría multitud de mujeres dispuestas a ocupar su sitio. No necesitaba ir a buscarla a ella.

–No tenía ninguna cita –Darius enarcó una oscura ceja–. Admito que debería haberte avisado con más tiempo, pero acabo de llegar de un viaje a las seis de la mañana.

–Y, sin duda, se ha acordado de mí inmediatamente –replicó ella, desdeñosa.

–¿Por qué piensas que he dejado de pensar en ti? –le preguntó Darius, con tono desafiante.

Le resultaba difícil de creer que hubiera pensado en ella, especialmente si había estado de viaje. Y, sin embargo, había ido a buscarla solo unas horas después de su regreso.

–¿De dónde viene?

–De China.

–¿Y no hay teléfonos en China?

El sarcasmo de ella hizo que Darius apretase los dientes.

–No me diste tu número de teléfono ni tu dirección.

–No suelo dar la dirección de mi estudio, pero parece que la ha encontrado sin ningún problema.

–Pensé que preferirías ser invitada personalmente.

–¿Ah, sí? ¿O ha pensado que sería más difícil rechazarlo si venía en persona?

Durante la última semana, Darius se había convencido a sí mismo de que Miranda Jacobs no podía ser tan intratable como había pensado esa noche en la discoteca. Que tal vez solo estaba haciéndose la dura para despertar su interés. Pero cinco minutos en su compañía y acababa de confirmar que era tan cabezota como había creído.

Él no estaba acostumbrado a recibir negativas de una mujer. Y no solo una vez, sino dos.

Darius metió las manos en los bolsillos del pantalón para no tocarla.

–No tuviste ningún problema en decirme que no a la cara la semana pasada.

Ella se encogió de hombros.

–Si ya sabía la respuesta, ¿por qué se ha molestado en venir?

Darius respiró hondo.

–Pensé que te interesaría acudir a esa cena benéfica –respondió, con los dientes apretados.

Andy lo miraba, recelosa de ese musculoso cuerpo que se hallaba a unos centímetros de ella.

Y de la excitación que recorría el suyo.

Estaban solos en el estudio, con el distante ruido del tráfico al otro lado de las ventanas rompiendo el silencio.

–¿Por qué haces esto, Darius? –le preguntó, tuteándolo por primera vez–. ¿Qué interés puedes tener en salir con una bailarina fracasada?

–¡No fracasaste, maldita sea!

Tras admitir que su deseo por Miranda no iba a desaparecer decidió descubrir todo lo que pudiese sobre ella.

Y una fracasada no habría luchado tanto para recuperarse después de numerosas operaciones como ella había hecho en los últimos cuatro años.

Una fracasada no se habría esforzado tanto para conseguir un título de profesora de ballet, una profesión que amaba, pero en la que ya no podía participar.

Una fracasada no se habría gastado el dinero que le habían dejado sus padres para abrir aquel estudio de danza.

Internet era de verdad una herramienta muy indiscreta.

Aunque él hubiera hecho su fortuna gracias a ello.

El trágico accidente de Miranda Jacobs durante su interpretación de *El lago de los cisnes* era de dominio público, pero desapareció de los titulares porque ninguna publicación estaba interesada en hablar de una larga y dolorosa recuperación.

–Dudo que hayas fracasado en toda tu vida –añadió.

–¿Prefieres pensar que, sencillamente, he cambiado de profesión?

–Prefiero pensar que trabajas en lo que te gusta, o en lo que puedes como casi todo el mundo –respondió Darius. Aunque Miranda era muy irritante, estaba decidido a no discutir con ella–. Bueno, entonces, ¿qué me dices sobre la cena del sábado?

–¿Por qué crees que esa causa benéfica podría interesarme?

Darius intentó disimular un gesto de triunfo al ver que empezaba a mostrar cierto interés.

–Es para ayudar a niños discapacitados o marginados.

Una causa benéfica que sí le interesaba, tuvo que admitir Andy a regañadientes, y una en la que ella misma estaba involucrada porque impartía una clase gratuita a la semana a niños discapacitados o marginados.

¿Lo sabría Darius?

Sí, claro que sí. Era un hombre que sabría siempre lo que quería saber y, por alguna razón, había querido saber cosas sobre ella.

O tal vez la veía como una obra de caridad. Alguien que una vez había estado a punto de triunfar, pero que había tenido que conformarse con un pequeño estudio de danza a las afueras de Londres.

–¿Sabes una cosa, Miranda? De verdad esperaba que esto fuese más fácil.

Ella lo miró, ceñuda.

–¿Qué significa eso?

No le gustaba nada esa sonrisa que descubría dos atractivos hoyuelos en sus mejillas.

–Si dices que sí no tendrás que saberlo –Darius se encogió de hombros.

–¿Tiene algo que ver con que mi cuñado trabaje para ti?

Había pensado que no caería tan bajo como para imponer su voluntad aprovechándose de eso.

Hasta ese momento.

–Inteligente además de guapa –bromeó Darius–.

Parece que ya no necesitamos un departamento de informática tan grande, sobre todo en las oficinas de Londres, y me temo que los despidos son inevitables. Solo es cuestión de decidir quién es imprescindible y quién no.

Y los dos sabían que Colin trabajaba en el departamento informático de las oficinas de Londres.

–Eso es despreciable –dijo Andy, incrédula.

–Lo sé –admitió él–. Y me siento fatal –añadió, sin ninguna sinceridad.

Andy lo fulminó con la mirada. No sabía si darle un puñetazo en la nariz o una simple bofetada, pero eso solo le proporcionaría una satisfacción efímera y Darius podría castigarla decretando que su cuñado era prescindible.

–Colin es una persona real, con responsabilidades familiares –le recordó–. No es un juguete que puedas manejar para conseguir lo que quieres.

Darius se encogió de hombros.

–Entonces, no me lo pongas tan difícil.

–¿Tan desesperado estás por conseguir una cita para el sábado que tienes que recurrir al chantaje?

–No estoy desesperado en absoluto. Y no quiero una cita con cualquiera, Miranda. Quiero una cita contigo.

Ella lo miró, impaciente.

–¿Es porque te dije que no la semana pasada? ¿Ninguna mujer tiene derecho a rechazar al soberbio Darius Sterne? ¿Eres tan arrogante, tan engreído que...?

La retahíla de insultos terminó abruptamente cuando Darius la tomó entre sus brazos para apoderarse de sus labios.

No era un beso exploratorio ni comedido, sino más bien como ser barrida por una ola gigante. Darius la devoraba, acariciando sus labios abiertos con la lengua antes de hundirla en su húmeda boca.

Andy se sentía totalmente abrumada por el deseo que corría por sus venas. Sus manos se movieron como por voluntad propia para agarrarse a sus hombros mientras se ponía de puntillas para devolverle el beso.

Sus pezones se levantaron, apretados contra la tela del abrigo. Solo el fino material del maillot y los pantalones de Darius servían de escudo entre la dureza de los muslos masculinos y el calor que le quemaba entre las piernas.

Él respiraba con dificultad cuando por fin se apartó, con los ojos oscurecidos y apasionados.

—Esta es la razón por la que estoy dispuesto a recurrir al chantaje para que cenes conmigo el sábado.

Andy, mareada, se dio cuenta de que se había olvidado de respirar durante la duración del beso. Un beso que, debía reconocer, no quería que terminase.

¿Qué le pasaba? Aquel hombre arrogante y tiránico intentaba chantajearla para que saliese con él y no dudaba en utilizar a Colin para conseguirlo.

Maldita fuera, ni siquiera estaba segura de que le gustase.

¿Tenía que gustarle para sentirse excitada por él?

Evidentemente, no, a juzgar por el deseo que la consumía en ese momento.

Se pasó la lengua por los castigados labios antes de responder, deseando no haberlo hecho cuando el gesto hizo que saborease a Darius de nuevo; la estimulante mezcla de miel caliente y deseo contenido.

Sacudió la cabeza, haciendo un esfuerzo para disipar la niebla que parecía haberse apoderado de su cerebro.

—¿Habrá medios de comunicación?

—¿Qué? —Darius no sabía de qué estaba hablando.

Si era sincero consigo mismo, ni siquiera sabía en qué día de la semana estaba. Besar a Miranda había sido mucho más de lo que esperaba; mucho más intenso que nada que hubiera sentido antes con una mujer.

Ella frunció el ceño.

—¿Habrá medios de comunicación en la cena del sábado?

—Ah, eso. Solo los que mi madre haya invitado oficialmente.

—¿Tu madre?

Darius soltó a Miranda con desgana antes de dar un paso atrás para no hacer alguna estupidez como besarla de nuevo; una sola vez era suficiente para decirle que el deseo que había sentido durante la última semana era solo la punta del iceberg, que deseaba mucho más que un beso. Y que, con ella decidida a resistirse y cansada después de un largo día de trabajo, no era el momento para la larga y lenta seducción que tenía en mente.

Cuando se pasó una mano por el cabello alborotado recordó lo que había sentido cuando Miranda hizo eso mismo un minuto antes.

—Es una de las causas benéficas de mi madre —anunció con tono desdeñoso—. Como presidenta del comité, también es la principal organizadora de la cena.

Para Andy, aquella situación empezaba a ser ligeramente surrealista.

Todo ello. La inesperada aparición de Darius en su estudio, que hubiera recurrido al chantaje para forzarla a aceptar la invitación, que la cena benéfica fuese organizada por su propia madre.

–¿Y presentarme a tu madre no es demasiado personal para ti?

Solo lo preguntaba para ocultar lo turbada que se sentía por el beso. Aún le temblaban las piernas y notaba los pechos hinchados.

Una reacción que le advertía que no debería pasar más tiempo en compañía de aquel hombre. Y que no debería acompañarlo a la cena del sábado.

Pero Andy sabía que iba a decir que sí.

¿Porque Darius la había chantajeado?

¿O porque en realidad quería salir con él el sábado por la noche y era más fácil hacerlo creer que aceptaba solo porque la había obligado a hacerlo?

Tenía cuarenta y ocho horas para decidir cuál era la razón.

Aunque tenía la impresión de que ya lo sabía.

Se había sentido hipnotizada por aquel hombre desde que lo vio en el restaurante la semana anterior. Y luego en la discoteca, cuando insistió en que bailase con él. Desde entonces no había podido quitárselo de la cabeza.

A pesar de haberlo intentado.

Y ese magnetismo había aumentado cuando la besó.

Darius soltó un bufido.

–No hay nada «personal» en mi madre, te lo aseguro.

Andy levantó la mirada al notar el tono seco, casi

cortante. Pero sus ojos no delataban sus pensamientos, como su fría expresión no revelaba lo que sentía.

–¿Por qué te molestas tanto en acudir a esa cena cuando está claro que no quieres ir?

Darius apartó la mirada, pero solo para ser bombardeado por su imagen multiplicada en las paredes de espejo del estudio. Él, alto y oscuro, frente a una más ligera y clara Miranda.

Tuvo que tragar saliva cuando se imaginó haciendo el amor con ella en aquel sitio, los dos desnudos. Sería tan excitante... Lo suficiente como para que su cuerpo se animase de inmediato.

El reflejo múltiple llevaría su deseo por Miranda hasta el extremo. Los veía a los dos, completamente desnudos, él detrás de Miranda, la piel de ella pálida, sedosa y resplandeciente en contraste con su piel morena. Se pondrían cerca de los espejos para distinguir cada gesto, cada suspiro, pero lo bastante lejos como para verse reflejados por todas partes.

Se imaginaba su erección entre los deliciosos globos de sus posaderas mientras acariciaba sus pechos, despertándole gemidos de placer al acariciar sus pezones hasta que se levantasen, orgullosos y rígidos, pidiendo más. Entonces deslizaría las manos por su estómago plano para separar los pálidos rizos entre sus muslos y revelar el capullo interior, tan excitado que sería visible bajo su capuchón.

Se recrearía en el hinchado capullo mientras lo acariciaba, viendo cómo los sedosos muslos de Miranda se abrían para darle acceso, cómo se apretaba contra sus dedos mientras llegaba al clímax.

Entonces se pondría de rodillas frente a ella para lamerla hasta que alcanzase un nuevo orgasmo.

Y volvería a hacerlo una y otra vez.

Quería ver su reflejo mientras abría sus mulsos para hundirse en ella, ver lo húmeda e hinchada que estaba, y cómo lo apretaba con su guante de seda antes de empezar a empujar, una y otra vez. Y ver el éxtasis en su rostro mientras llegaba al clímax antes de caer al precipicio con ella.

Darius se irguió abruptamente.

—Esta cena en particular es obligatoria.

—¿Ah, sí? —Miranda lo miraba con curiosidad—. No das la impresión de ser alguien a quien le importa la opinión de los demás.

—Y así es, pero mi madre organiza esta cena una vez al año para celebrar públicamente su cumpleaños —le explicó, con tono impaciente—. Celebrarlo en privado es la razón por la que nos reunimos en el restaurante el jueves pasado.

¿Significaba eso que el cumpleaños de Catherine Latimer coincidía con el suyo?

Darius miró su reloj de pulsera dorado con gesto impaciente.

—Ahora tengo que irme, pero vendré a buscarte el sábado a las siete y media.

Andy sabía que era una afirmación, no una petición. Un *fait accompli* para el engreído Darius.

Y tal vez lo era.

¿Quería aceptar la invitación? La curiosidad que sentía por él había aumentado tras el apasionado beso, pero ¿tanto como para ir a la cena?

El dolor de sus pechos y la humedad entre sus muslos decía que así era, pero...

–No voy a permitir que recurras al chantaje para algo más que una cena –le advirtió–. Adoro a mi cuñado, pero no pienses que va a haber algo más.

Darius enarcó una ceja.

–Tal vez no necesite recurrir al chantaje para que hagas otras cosas.

Andy apretó los labios, irritada.

–Me temo que no lo sabrás nunca porque no tengo intención de volver a verte después del sábado –replicó con falsa dulzura.

Y, entonces, Darius soltó una carcajada. Era un sonido áspero, como si no tuviera mucha práctica, pero cuando se reía era tan arrebatador como ella se había imaginado.

Sus ojos brillaban como el oro, se le marcaban esos atractivos hoyuelos de las mejillas y sus blancos y perfectos dientes relucían entre los labios.

Darius Sterne era fabulosamente atractivo cuando se reía.

Pero la risa se esfumó, demasiado rápido en su opinión, para convertirse en una sonrisa burlona.

–Tal vez después del sábado no tendré que chantajearte para volver a verte.

–O tal vez no quieras volver a verme después del sábado.

Andy lo miró con gesto desafiante y Darius se puso serio al ver el brillo retador de sus ojos verdes.

–Te aconsejo que no hagas o digas nada que me avergüence.

–No te conozco lo suficiente como para saber qué podría avergonzarte.

–Ahora mismo no se me ocurre nada –asintió él.

–Lo que me había imaginado –Andy suspiró–. Vivo en el apartamento de arriba, pero me imagino que ya lo sabes, ¿no?

–Sí, claro.

–Muy bien, el sábado a las siete y media.

Darius no estaba acostumbrado a ser despedido con cajas destempladas, pero sabía cuándo estaban echándolo de algún sitio.

Y era una despedida que estaba dispuesto a tolerar porque si se quedaba corría el riesgo de olvidar su decisión de esperar hasta el sábado para hacerle el amor a Miranda.

–El sábado entonces –murmuró, inclinándose para besar sus labios entreabiertos–. Lo estoy deseando.

–¡Pues yo no! –exclamó Andy sin poder evitarlo.

Darius se encontró riéndose de nuevo mientras se dirigía a la puerta.

–No olvides cerrar con llave –le recordó, antes de cerrar tras él.

No recordaba la última vez que una mujer lo había hecho reír mientras ardía de deseo.

No recordaba la última vez que una mujer lo había hecho reír.

En realidad, no recordaba la última vez que se había reído de verdad.

Capítulo 4

LIMÍTATE a sonreír y deja que hable yo –le
aconsejó Darius el sábado por la noche, mientras esperaban en la puerta del hotel Midas con
otros invitados elegantemente vestidos y enjoyados.

–¿Eso es lo que les pides a las mujeres con las que
sales? –le preguntó Andy, irónica–. Qué caballeroso.

Él enarcó una oscura ceja.

–Prefiero ignorar el comentario y pensar que es debido a los nervios.

Andy estaba nerviosa, era cierto. Y el nerviosismo
aumentaba a medida que se acercaban a la madre y el
padrastro de Darius, y presumiblemente otros miem-
bros del comité, que estaban recibiendo personalmente a todos los invitados en la entrada del hotel.

Había cometido un error al aceptar la invitación.
Era un error volver a ver a Darius cuando su reacción
era tan visceral.

Considerando su falta de experiencia en ese aspecto, debería haber metido el pie en el agua antes de
lanzarse de cabeza al tanque de los tiburones.

Se había quedado sin aliento cuando fue a buscarla.
Estaba arrebatadoramente guapo y elegante con el esmoquin.

Casi había olvidado, o intentado olvidar en esos

días, lo impresionante que era; tan alto que le sacaba una cabeza, sus hombros eran tan anchos que llenaban el umbral de una puerta y tenía el pelo ligeramente alborotado, como si se hubiera pasado los dedos por él en un gesto de ansiedad.

Tal vez una indicación de que también él estaba nervioso por volver a verla.

Aunque lo dudaba. Darius estaba demasiado seguro de sí mismo.

Andy había esperado disimular su inquietud mientras tomaba el chal y el bolsito de noche, pero le temblaban las manos mientras cerraba la puerta.

El lujoso Bentley que se hallaba aparcado frente al portal fue una sorpresa, pero creía estar comportándose con aplomo cuando le abrió la puerta, antes de dar la vuelta para sentarse frente al volante.

También se sentía orgullosa de haber podido mantener una conversación impersonal mientras se dirigían al hotel, a pesar de que el hombre que iba sentado a su lado le causaba excitación con su cuerpo y el aroma de su colonia masculina.

Pero cuando llegaron al hotel en que tendría lugar la cena benéfica, rodeada de invitados ricos y famosos, Andy supo que no debería estar allí.

Una vez había conocido ese mundo, cuando acudía a las galas después de las funciones de su compañía de ballet, pero entonces tenía un papel, un propósito. Era la embajadora de la compañía más que ella misma.

En aquel momento solo era la acompañante de Darius Sterne y no podía dejar de notar las miradas de curiosidad.

Como notaba la mano que él había puesto posesivamente en su espalda. Podía sentir el calor de esa mano a través de la fina tela del vestido.

Después de pensarlo durante horas, y de probarse todo lo que tenía en el armario, por fin se decidió por un sencillo vestido negro largo de estilo griego que había comprado antes del accidente; un clásico que servía para cualquier ocasión.

El vestido, que dejaba sus brazos y hombros al descubierto y llegaba hasta el suelo, tenía una abertura a un lado que llegaba solo hasta la rodilla para que las cicatrices del muslo no fueran visibles cuando estuviera sentada. Un requisito en toda su ropa desde el accidente.

A juego con el estilo del vestido, se había recogido el pelo en un moño, con unos rizos cayendo en cascada hasta la nuca. El maquillaje era discreto: sombra oscura en los párpados, rímel en las pestañas y brillo de color melocotón en los labios.

Se sentía satisfecha con su aspecto cuando se miró al espejo, antes de que Darius fuese a buscarla. Pero allí, rodeada de tantas mujeres bellas y elegantes, muchas de las cuales lo miraban como si quisieran devorarlo, esa confianza empezaba a menguar.

—No estaría nerviosa si tú no hubieras recurrido al chantaje para obligarme a venir —le recordó.

Darius esbozó una sonrisa.

—¿Vas a seguir echándomelo en cara toda la noche?

—Puedes contar con ello —respondió Andy, con los ojos brillantes.

—Suelo utilizar los medios que están a mi alcance...

—Para conseguir lo que quieres.

—Sí —le confirmó él sin el menor pudor.

—¿Tu hermano también estará aquí esta noche?

–Andy decidió cambiar de tema antes de ponerse a discutir acaloradamente delante de los demás invitados. Bueno, sería una discusión acalorada por su parte, ya que nada lograba penetrar la fachada tras la que Darius ocultaba sus emociones.

–¿Por qué quieres saberlo?

–Por ninguna razón en particular –Andy frunció el ceño ante el tono agresivo–. Solo quería hablar de algo menos controvertido.

Estaba portándose como un tonto celoso, pensó Darius. Miranda le había hecho una pregunta perfectamente razonable y él había reaccionado como un neandertal.

Tal vez porque esa noche estaba radiante. El vestido que abrazaba su figura era sencillo en comparación con los vestidos de noche que llevaban otras invitadas. Además, intuía que no llevaba sujetador. Ni joyas, y muy poco maquillaje. Tenía la elegancia de un cisne en una habitación llena de pavos reales.

Varios hombres habían girado la cabeza para mirarla desde que entraron en el hotel. Y varios seguían mirándola hasta que Darius lanzó sobre ellos una mirada desafiante.

Pero Miranda no parecía darse cuenta del interés que despertaba. Como si no supiera lo bella que era.

Y eso era una novedad.

Nunca había conocido a una mujer tan bella y tan inconsciente de su atractivo o lo que podía conseguir gracias a él.

–Me imagino que Xander estará por ahí –dijo abruptamente–. Al contrario que yo, suele ser puntual para quedar bien con nuestra madre.

Miranda lo miró con curiosidad.

–Un día vas a tener que contarme cuál es el problema que tienes con tu madre... –dejó la frase en suspenso al darse cuenta de que «un día» implicaba que pensaba volver a verlo.

Darius sonrió.

–De eso nada, cariño.

–No, claro –murmuró Andy, incómoda por el cariñoso apelativo. A menos que llamase «cariño» a todas las mujeres con las que salía para ahorrarse el bochorno si olvidaba algún nombre.

–¿Les has contado a tu hermana y tu cuñado que ibas a salir conmigo esta noche? No, evidentemente no –dijo Darius, burlón, al ver que se ponía colorada.

–No se me ocurría ninguna explicación razonable para que volviéramos a vernos –respondió ella, impaciente.

Si le hubiese contado a Kim que Darius había ido a su estudio, su hermana le habría dado una seria charla.

Si supiera que Darius la había chantajeado para que saliera con él, utilizando el puesto de trabajo de Colin, su hermana habría dejado muy claro dónde podía meterse Darius Sterne ese puesto de trabajo y después le habría prohibido salir con él.

Al menos, esa era la excusa que se había inventado para no contarle nada.

–Tú no habrías quedado muy bien si se lo hubiera contado –le aseguró.

–¿Y crees que eso me habría molestado?

–No, está claro que no.

¿Qué le pasaba a aquel hombre? Si había hecho lo que le había pedido, ¿por qué estaba siendo tan agresivo?

–¿Sueles venir con una acompañante a estas cenas? –le preguntó, decidida a atacar en lugar de estar a la defensiva.

Pero también porque en su fuero interno sabía que Kim tenía razón al advertirle contra Darius Sterne.

Estar allí con él era peligroso. Él era peligroso para la ordenada vida que tanto le había costado conseguir.

Darius hizo una mueca.

–Nunca.

–¿En serio?

–En serio.

Ah, qué bien. No solo estaba con el hombre más imponente de la sala, y a punto de conocer a su madre, sino que era la primera mujer a la que llevaba a un evento.

Era lógico que los demás invitados, sobre todo las mujeres, la mirasen con tanta curiosidad.

–¿Y por qué en esta ocasión has querido venir acompañado?

–Esa es la pregunta equivocada, Miranda –Darius se inclinó para hablarle al oído–. La pregunta debería ser por qué tú, no por qué ahora.

Andy lo miró, interrogante.

Desde luego, ¿por qué ella?

Una pregunta que no pudo hacer en voz alta porque, al fin, habían llegado al lado de sus padres.

–Miranda, Catherine y Charles Latimer –los presentó Darius con cierta sequedad–. Madre, Charles, os presento a Miranda Jacobs.

Catherine pareció momentáneamente desconcertada.

—No sabía que hubieras comprado una segunda entrada.

Él enarcó una oscura y retadora ceja.

—Y yo no sabía que tuviera que pedirte permiso para hacerlo.

—Encantado de conocerte, querida —se apresuró a intervenir Charles, como si fuera una costumbre—. Me alegro mucho de que hayas venido para apoyar una causa tan noble.

—Ah, sí, es muy amable por tu parte —Catherine pareció recordar entonces sus buenas maneras y le ofreció su mano.

Era imposible no notar la tensión que había entre madre e hijo. Y una tensión que parecía incluirla a ella.

—Espero que la cena de esta noche sea un éxito, señora Latimer.

—Eso espero yo también.

De cerca era imposible no ver las arruguitas de alrededor de sus ojos y su boca, aunque seguía siendo una mujer muy bella, esbelta y juvenil. No parecía la madre de dos hombres de más de treinta años.

—¿Xander está aquí? —preguntó Darius abruptamente.

—No, aún no —Catherine frunció el ceño—. Es muy raro que llegue tarde, espero que no le haya pasado nada —añadió, con tono preocupado.

—Ya es mayorcito, madre. Seguro que encontrará el camino tarde o temprano —Darius tomó a Andy del brazo para perderse entre la gente.

—¿Cómo puedes ser tan grosero? —murmuró ella.

Darius volvió a encogerse de hombros.

—Pensé que ya te habrías dado cuenta de que soy un hombre muy grosero.

No, en realidad no lo era.

Arrogante, desde luego. Imponente, desconcertantemente directo, implacable y capaz de todo para conseguir lo que quería, pero no le parecía particularmente grosero.

Hasta que lo oyó hablar con su madre.

Allí ocurría algo raro. Algo que Darius no tenía la menor intención de compartir con ella. ¿Porque no era un hombre que confiase en nadie salvo tal vez en su hermano mellizo?

—¿Hay alguna razón por la que a tu madre le preocupa tanto el retraso de Xander?

Darius la miró con frialdad.

—No, ninguna, salvo que es sobreprotectora con él hasta el punto de ser obsesiva.

—¿Y por qué cree que necesita protección?

Él suspiró, impaciente.

—Pareces muy preocupada por mi hermano.

—No lo estoy.

—¿No?

—No.

Con Darius tan serio y antipático, sería mejor hablar de algo menos conflictivo, pensó Andy.

—Siento curiosidad por saber cuánto cuestan las entradas para esta cena.

Debía de haber al menos quinientos invitados en el abarrotado salón de baile del hotel, los hombres de esmoquin y las mujeres con exquisitos vestidos de noche. Andy estaba cegada por la cantidad de joyas que resplandecían bajo las lámparas de araña.

Darius tomó dos copas de champán de la bandeja que le ofrecía un camarero y le tendió una.

—¿Eso importa?

—Solo lo pregunto por curiosidad. Además, me imagino que no serviría de nada ofrecerme a pagar mi parte.

Andy tomó un sorbo de champán. Sabía que las entradas para esos actos benéficos costaban miles de libras.

—Eso sería totalmente inaceptable. Yo te he invitado a venir... o te he convencido para que lo hicieras —Darius esbozó una sonrisa—. Dudo mucho que lo hubieras hecho por voluntad propia.

—No me has convencido, me has chantajeado.

Él suspiró pesadamente.

—Vas a recordármelo durante toda la noche, ¿verdad?

—Pues sí —Andy tuvo que disimular una sonrisa—. ¿Crees que...?

—Andy, ¿eres tú? ¡Dios mío, eres tú!

Sorprendida, Andy se volvió hacia la mujer que la saludaba con tanto entusiasmo. Era una morena alta y delgada, con un vestido de lentejuelas rojas que terminaba al menos veinte centímetros por encima de las rodillas. Una mujer de fríos ojos azules y labios rojos.

Se le encogió el corazón al reconocer a Tia Bellamy, miembro de la compañía de ballet a la que ella había pertenecido. Tia era dos años mayor que ella y nunca fueron amigas.

—Hola. ¿Cómo estás? —la saludó con frialdad.

–Ahora mismo estoy ensayando *Giselle* –anunció ella con gesto satisfecho.

–Enhorabuena.

Podía haberse distanciado del mundo del ballet, pero incluso ella sabía que, durante los últimos cuatro años, Tia había llegado al puesto de bailarina principal de la compañía.

–Estás guapísima –el tono de su excompañera no sonaba muy sincero–. Siempre te ha quedado fenomenal ese vestido, pero me imagino que ya no tienes más remedio que llevar vestidos hasta los tobillos.

Sí, seguía siendo tan maliciosa y competitiva como lo había sido siempre. Andy se había puesto ese vestido una vez cuatro años antes, una vez.

Y solo ella sacaría a colación el tema del accidente.

–Alguien, no recuerdo quién, mencionó que habías abierto un estudio de danza, ya que no puedes bailar –siguió Tia, con tono aburrido.

–Sí –Andy estaba a punto de darse la vuelta para no decir algo que lamentaría después.

–¿Y te va bien?

–Muy bien, gracias.

–Me alegro mucho –Tia se volvió hacia Darius con una sonrisa seductora–. ¿No vas a presentarnos?

Si pudiera elegir, la respuesta sería un rotundo «no». Andy no tenía el menor interés en presentarlos. No tenía interés en Tia, punto. Y la otra mujer había dejado claro que no tenía el menor interés por ella.

Era más que evidente, por cómo miraba a Darius, que conocerlo era la única razón por la que se había molestado en hablar con ella.

–Tia Bellamy, Darius Sterne –los presentó tan

abruptamente como él le había presentado a sus padres.

—Es un placer conocerlo, señor Sterne —el tono sexy de Tia y su brillante mirada demostraban que sabía quién era él desde el primer momento.

—Encantado —dijo Darius, con el ceño fruncido.

Aquella mujer estaba siendo increíblemente grosera e hiriente al recordarle a Miranda que ya no podía bailar. Y, por la palidez de Miranda y el ligero temblor de la mano que sujetaba la copa de champán, aquel inesperado encuentro era muy desagradable para ella.

Y tampoco le gustaba cómo lo miraba a él, como si fuera un suculento aperitivo. No era la primera vez que lo miraban así, al contrario, su dinero era incentivo suficiente para provocar esa reacción en cierto tipo de mujeres. Pero lo consideraba de mal gusto cuando estaba allí con Miranda y Tia Bellamy fingía ser su amiga.

Si de verdad fuera su amiga no le habría dicho que estaba ensayando el papel de *Giselle*, ni le habría preguntado por su estudio con tono condescendiente.

Pero sentía curiosidad por saber qué había querido decir con eso de que solo podía llevar vestidos hasta los tobillos. ¿Miranda tenía cicatrices físicas a causa del accidente, además de las cicatrices emocionales?

—Si nos disculpa... no queremos entretenerla —dijo, desdeñoso, señalando a un hombre de mediana edad que esperaba a unos metros.

—Ah, es Johnny, lord John Smythe. No es mi marido —se apresuró a explicar Tia—. Es un encanto y no hace más que pedirme en matrimonio, pero yo no tengo intención de aceptar —su provocativa sonrisa dejaba claro que sí aceptaría una proposición suya.

Cualquier proposición que le hiciera.

Una invitación que no habría aceptado aunque no le hubiese disgustado cómo le hablaba a Miranda. Tia Bellamy era como muchas otras mujeres guapas, que lo veían como un seguro de vida.

–Perdone, pero mi hermano acaba de llegar. ¿Nos vamos, cariño? –murmuró, tomando a Miranda por la cintura.

–Encantada de volver a verte –se despidió ella con fría amabilidad.

–Parece que esa mujer no te cae bien –comentó Darius cuando se alejaron.

Andy dejó escapar un largo suspiro. Era demasiado astuto como para no haber notado la tensión que había entre ellas.

Su primera noche de fiesta y tenía que encontrarse con la mujer a la que había esperado no volver a ver nunca. Aunque no había sido un encuentro accidental. Tia había dejado claro que quería conocer a Darius.

–Sí, bueno, es una historia pasada –murmuró.

–¿Quieres contármelo?

–¿No íbamos a saludar a tu hermano?

Darius le quitó la copa de la mano para dejarla sobre una mesa y la tomó por la cintura para guiarla hasta un pasillo con varias puertas cerradas.

–¿Dónde vamos?

Sin decir nada, él abrió varias puertas hasta que encontró una sala de juntas vacía y la empujó suavemente hacia el interior.

–He mentido sobre Xander –dijo por fin, apoyándose en la puerta con los brazos cruzados.

–Parece que eso es algo que haces mucho.

–Al contrario, suelo ser brutalmente sincero.

–Ya.

–¿Quién es Tia Bellamy y por qué encontrarte con ella te ha alterado tanto?

Bueno, eso era ser brutalmente sincero, tuvo que reconocer Andy. Aunque no tuviera ninguna intención de satisfacer su curiosidad.

–Deberíamos volver con los demás.

–No, en realidad no –Darius se apartó de la puerta–. No hasta que hayas respondido a mi pregunta.

–¿Qué pregunta? –replicó ella, desafiante.

–Lo sabes muy bien.

Andy suspiró mientras se volvía hacia la mesa de juntas. Por la expresión decidida de Darius, no iba a dejarla escapar.

–Evidentemente, es bailarina de ballet. Me sorprende que no hayas oído hablar de ella.

Desde el accidente, Andy no solía leer artículos sobre el mundo del ballet, pero sabía que Tia era una de las primeras bailarinas de Inglaterra, como ella había esperado ser algún día.

–Últimamente, tengo tanto trabajo que no puedo ir al teatro ni al ballet tanto como me gustaría –respondió Darius–. Y ahora dime por qué te ha disgustado tanto volver a verla.

Andy se encogió de hombros.

–Es natural que me disguste un poco ver a una de mis antiguas colegas y recordar que... en fin, que no podré volver a bailar.

–Ya, seguro. Venga, dime cuál es la verdadera razón.

Por lo cerca que sonaba su voz y por cómo su

aliento le rozaba el vello de la nuca, Andy sabía que estaba detrás de ella.

Tan cerca que podía sentir el calor de su cuerpo a través de la tela del vestido, con su único y embriagador aroma, cálido y viril, invadiendo sus sentidos.

–Dímelo –insistió él con voz ronca.

Andy sacudió la cabeza, haciendo un esfuerzo para no caer en el seductor hechizo de Darius Sterne.

–Dime por qué ver a Tia Bellamy te ha contrariado tanto.

–Ya lo he hecho.

–No.

–Sí.

Andy se dio la vuelta para mirarlo, pero de repente se encontró apretada contra su torso.

Intentó resistirse al principio, pero solo para capitular con un suspiro, mientras apoyaba la cabeza en el sólido hombro masculino, cuando Darius sencillamente se negó a soltarla.

–Dímelo –la animó, apoyando la mejilla en su pelo.

Eso era algo que Andy no podía hacer. Algo que nunca le contaría a nadie. Cuatro años antes había intentado explicar lo que pensaba que había ocurrido esa noche, cuando cayó del escenario y se rompió el fémur y la cadera derecha, destrozando su carrera en el ballet. Nadie la había creído. Nadie había querido creerla.

Al final, ni siquiera ella misma estaba segura.

Tia había sido su suplente como Odette-Odile de *El lago de los cisnes* y se había hecho cargo del papel después del accidente, pero no podía haberla empujado deliberadamente para conseguir su puesto, ¿no?

Andy se había convencido a sí misma, durante los meses de convalecencia en el hospital tras el accidente, de que todos los acontecimientos de esa noche se habían confundido en su cabeza. Que había sido el dolor y luego las drogas que le dieron lo que provocó esos extraños sueños que le parecían tan reales hasta que se despertó.

Pero el aire triunfante de Tia esa noche, cuando anunció que estaba ensayando el papel protagonista de *Giselle*, el tono condescendiente al hablar de su vestido y su estudio de danza, todo eso hacía que volviese a cuestionarse los recuerdos de esa noche de cuatro años atrás.

Capítulo 5

ANDY se humedeció los labios antes de hablar.
–Hagamos un trato. Yo responderé a tus preguntas si tú me cuentas la razón por la que tienes tan mala relación con tu madre.

Darius soltó una carcajada. Miranda podía estar nerviosa tras su encuentro con Tia Bellamy, pero no tanto como para no hacerle la única pregunta que ella sabía que no iba a responder.

–Los dos sabemos que eso no va a pasar.

Ella se encogió de hombros.

–Entonces, tampoco yo voy a responder.

Darius echó la cabeza hacia atrás para mirarla.

–Eres una mujer peligrosa –murmuró con tono admirativo.

–Es la primera vez que alguien me acusa de eso.

Darius se puso serio mientras admiraba esos cálidos ojos verdes, las mejillas encendidas, los labios gruesos y tentadores. Sí, para él era definitivamente peligrosa.

–Tal vez porque nadie ha estado tan decidido como yo a conocerte.

–O de la manera en la que tú quieres conocerme –se mofó Andy.

Darius enarcó una ceja.

–¿Eso es malo?

No era exactamente malo, pero la intensidad del deseo que podía ver en sus ojos le daba pánico.

Y no ayudaba nada que estuvieran solos en aquella habitación, con una tensión sexual que parecía tenerlos atrapados entre sus garras.

Y, considerando que había quinientas personas al otro lado de la puerta, era una tensión totalmente inapropiada.

–¿A qué se refería esa mujer cuando ha dicho que ya solo puedes llevar vestidos largos? –le preguntó Darius inesperadamente.

Tan inesperadamente que Andy sintió que palidecía.

–Eso no es asunto tuyo.

–Pero yo lo he hecho asunto mío.

Ella sacudió la cabeza.

–Creo que deberíamos volver con los demás.

–No estoy de acuerdo.

–Me da igual.

–¿Si dejo de hacer preguntas te quedarás un poco más? –Darius le quitó el bolso de la mano para dejarlo sobre la mesa, a sus espaldas, y tiró de ella para colocarla entre sus piernas abiertas, rozando su garganta con los labios.

Aunque sabía que no debería, Andy solo quería quedarse allí. Y no solo porque no tuviera el menor deseo de volver a encontrarse con Tia o tener que conversar con la familia de Darius.

Se había sentido excitada por él desde el momento que fue a buscarla a su apartamento y esa emoción había aumentado en el interior del coche. Y más cuando Darius plantó una posesiva mano en su espalda para entrar juntos en el hotel.

A solas con él en aquella sala de juntas, con los cálidos y excitantes labios de Darius rozando su cuello, no tenía defensas contra el deseo que corría por sus venas.

Ni podía negar el ya familiar cosquilleo que sentía en los pechos, con los pezones increíblemente sensibles al rozarse contra la chaqueta masculina y los muslos apretados mientras él empujaba hacia delante para hacerle notar la dura prominencia de su erección.

—¿Llevas algo debajo del vestido? —Darius inclinó la cabeza, acariciando con su aliento la piel desnuda del escote.

—Yo...

—¿Llevas algo, cariño? —insistió, manteniéndola cautiva con su mirada.

—Unas bragas negras —admitió Andy con voz ronca.

—No llevas sujetador, como me había imaginado —siguió sosteniéndole la mirada mientras bajaba la cabeza para rodear un pezón con los labios por encima de la tela.

Andy dejó escapar un suspiro, arqueándose instintivamente para empujar el pezón dentro de su boca. No sabía lo que hacía, pero sí que no podía seguir.

—Deberíamos parar —la protesta sonaba poco sincera incluso a sus propios oídos.

—Necesito saborearte —Darius levantó la cabeza—. ¿Cómo se desabrocha el vestido?

—Hay un broche en el hombro, pero... —Andy contuvo el aliento cuando él lo soltó sin esperar más, dejando que el vestido cayera en cascada hasta su cintura.

Darius miraba sus pechos desnudos con ojos ardientes, levantándolos con las dos manos para acariciar los sensibles pezones con las yemas de los pulgares una y otra vez, hasta que Andy gemía con cada caricia. Sin pensar, levantó las manos para agarrarse a sus hombros cuando sus rodillas amenazaron con no seguir sosteniéndola.

–Eres tan hermosa... –murmuró él mientras inclinaba la cabeza para soplar suavemente sobre los pezones antes de envolver uno con los labios.

La mirada hipnotizada de Andy estaba clavada en sus largas pestañas oscuras mientras le acariciaba el pezón con la lengua antes de metérselo en la boca, despacio al principio, luego con más fuerza.

Solo podía gemir de gozo mientras observaba, fascinada, cómo Darius levantaba una mano para acariciar el otro pecho, su piel morena contrastaba con la suya, y apretaba el pezón entre el pulgar y el índice mientras chupaba el primero.

Aquella era la experiencia más erótica de su vida.

Quería más, necesitaba más. El deseo aumentaba y se movía, inquieta, para controlar la humedad que notaba entre sus piernas.

Dejó escapar un gemido ronco cuando tiró de ella y levantó las caderas para rozar insistentemente el excitado e hinchado capullo.

Andy cerró los ojos. Nunca había sentido nada así, nunca había deseado tanto ser poseída por un hombre como en ese momento.

Darius se apartó antes de erguirse, tenía los ojos oscurecidos y enigmáticos y las mejillas cubiertas por un oscuro rubor.

–Aunque me encantaría terminar esto, seguramente

no sea buena idea –suspiró mientras se inclinaba para depositar un húmedo beso en cada dilatado pezón antes de volver a abrocharle el vestido.

–Darius...

–La obligación antes que la devoción –dijo con voz ronca–. ¿Miranda? –la llamó al ver que no le devolvía la mirada.

Andy no se había sentido tan mortificada en toda su vida.

O tan descontrolada.

Si Darius no hubiese parado, sin duda le habría permitido... no, le habría suplicado que la tumbase sobre la mesa para hacerle el amor. Sin importarle sus cicatrices.

–¿Cariño? –insistió él.

Por fin, Andy hizo un esfuerzo para levantar la cabeza. Para él, aquello era algo habitual, solo otro escarceo con una mujer a la que quería en su cama esa noche. Mientras que para ella...

Para ella hubiera sido su primera intimidad con un hombre.

No había querido mantenerse virgen a propósito. Sencillamente, su vida estaba dedicada al trabajo y no había conocido a un hombre que le importase, o en quien confiase, lo suficiente como para mostrarle sus cicatrices.

Y dudaba mucho que Darius quisiera ser el tutor de una virgen asustada e inexperta.

Andy esbozó una sonrisa.

–Sí, claro, vamos.

Darius abrió la puerta y le hizo un gesto para que lo precediera antes de tomar su brazo, intentando entender qué acababa de pasar.

La razón principal por la que había sacado a Miranda del salón de baile era darle tiempo para que recuperase la compostura después de su encuentro con Tia Bellamy. Un encuentro que, evidentemente, la había perturbado.

La había besado con intención de distraerla, pero en aquel momento era él quien estaba distraído.

Había disfrutado besando a Miranda.

Demasiado.

Había disfrutado acariciándola.

Demasiado.

Había disfrutado saboreándola y escuchando sus gemidos de placer.

Demasiado.

Su piel era suave y sedosa. Sus pechos, pequeños, pero absolutamente perfectos. Y sus pezones, erectos bajo su ardiente mirada, de un delicioso color rosa oscuro y muy suculentos mientras los chupaba y acariciaba con la lengua.

Estaba tan excitado, tan perdido en el placer que podría haber seguido haciéndolo durante toda la noche. Acariciando sus pechos, entre sus muslos, cada centímetro de ella, desde la cabeza a los elegantes pies.

Tanto que había estado a punto de hacerle el amor en la sala de juntas de uno de sus hoteles.

Resultaba tan raro en él haber perdido el control de ese modo que era lógico que estuviese distraído.

–Hola, hermano.

Darius parpadeó al ver a Xander, que se acercaba por el pasillo. Ah, por fin había decidido hacer acto de presencia.

–Te advierto que tu falta de puntualidad ha puesto a nuestra madre de mal humor.

Xander se encogió de hombros.

–Me perdonará –murmuró, dirigiendo su oscura mirada hacia Miranda.

Un interés que a Darius no le gustó nada. Cuando la tomó por la cintura en un gesto posesivo, Xander lo miró con curiosidad.

–¡Nuestra madre te perdonaría aunque admitieras haber cometido un asesinato! –le espetó.

Andy miraba de uno a otro. Era imposible no comparar a los dos hermanos.

Uno era oscuro e imponente, el otro una especie de dios vikingo. Un atento y muy atractivo dios vikingo, con el esmoquin y el pelo dorado casi rozando el cuello de la chaqueta.

Sus ojos se habían oscurecido, con las pupilas casi anulando el profundo iris castaño, pero su sonrisa parecía sincera.

–Espero no tener que llegar a eso –bromeó, mirando a Andy con poco disimulada admiración–. Estaría bien que nos presentaras.

–Miranda Jacobs, mi hermano, Xander –dijo Darius.

–Tu hermano mellizo –dijo ella, apartándose para estrechar su mano.

Xander lanzó sobre él una mirada burlona.

–Evidentemente, yo soy el mellizo guapo.

–Evidentemente –repitió Andy, guasona.

Era más fácil tratar con el encantador Xander que con la intensidad y los cambios de humor de su hermano.

Y hablar con él era una bienvenida distracción para no pensar demasiado en la pasión que Darius le había despertado unos minutos antes.

–Puedes soltarle la mano –le dijo Darius a Xander con tono helado.

¿Porque estaba flirteando con ella?, se preguntó Andy.

Sencillamente, no lo conocía lo suficiente como para responder a esa pregunta.

–Te veo muy posesivo –dijo su hermano, que sí parecía tenerlo claro.

–No, en absoluto.

Él jamás se había sentido posesivo con una mujer en toda su vida y menos cuando se trataba de su hermano.

Pero, entonces, ¿cuál era la explicación para su mal humor?

No le hacía gracia ver a Xander flirteando con ella y le gustaría apartarle la mano de un guantazo.

No entendía nada. Él nunca había sido posesivo.

Deseaba a Miranda y quería hacer el amor con ella, más aún después de lo que acababa de pasar, pero eso era todo. Sin duda, una vez que la tuviera en su cama el interés desaparecería como le había ocurrido siempre con las demás mujeres.

–Deberías ir a disculparte con nuestra madre –dijo abruptamente.

–Menos mal que tenemos a Charles, ¿eh? –Xander hizo una mueca–. Él la tranquilizará pase lo que pase.

–Porque la quiere.

–No se merece nada menos después de haber estado casada con el canalla de nuestro padre durante catorce años.

–¿Xander? –Darius miró a su hermano con gesto de sorpresa. Ninguno de los dos hablaba, ni públicamente ni en privado, del hombre que había muerto cuando ellos tenían trece años. Que Xander lo mencionase en aquel momento, y delante de una desconocida, dejaba claro que a su hermano le pasaba algo.

Había estado preocupado con sus cosas, y con Miranda, durante la última semana, pero tal vez debería haber prestado más atención a su hermano mellizo. Xander había trabajado mucho en los últimos meses y esa noche, bajo el bronceado adquirido en las Bahamas el mes anterior, Darius notaba una preocupante palidez. Y había un brillo peligroso en sus ojos. Suficiente como para preocuparlo.

–¿Has venido con alguien?

–No, he venido solo y eso significa que tendré que sentarme con la mujer que nuestra madre haya elegido para mí –respondió Xander, inquieto–. Pero da igual, no pienso quedarme mucho rato. En fin, espero volver a verte, Miranda –se despidió antes de alejarse.

Andy se sentía incómoda cuando se quedó a solas con Darius en el pasillo.

Según todo el mundo, Xander era el hermano relajado, el encantador, el playboy. Pero esa noche no parecía relajado en absoluto mientras hablaba de su difunto padre.

Sabía, por lo que había leído sobre ellos en Internet, que Lomax Sterne, el hijo menor de una familia adinerada, se había casado con Catherine Foster treinta y cuatro años antes y que falleció trece años después, a los cuarenta y dos, tras una caída por las escaleras de la mansión familiar en Londres.

No había encontrado nada en Internet sobre problemas familiares. Sin embargo, era evidente por la expresión de Darius que estaba preocupado por su hermano.

–Parece que Xander está disgustado por algo y no me importa que vayas a hablar con él. Puedo volver a casa en taxi...

–No, en absoluto –la interrumpió él.

La verdad era que Andy hubiera agradecido cualquier excusa para marcharse. No sabía qué esperar del resto de la noche después de la intimidad que habían compartido. Después de haberse dejado seducir por sus besos y sus caricias.

–¿Preparada? –Darius le ofreció su brazo.

La respuesta era definitivamente no.

Andy tenía la impresión de que nunca estaría preparada para un hombre como Darius Sterne.

Era demasiado... todo. Y ella era demasiado inexperta como para saber arreglárselas con un hombre como él.

Tanto que lo único que deseaba era encontrar una excusa para volver a su seguro y cómodo apartamento.

–Si estás seguro...

Darius asintió con la cabeza.

–Estoy seguro.

Andy tomó su brazo para acompañarlo al salón de baile, la tela del vestido le rozaba los pezones recordándole que Darius se los había chupado y acariciado unos minutos antes, proporcionándole un placer inusitado.

–No ha estado tan mal, ¿verdad? –Darius se volvió en la silla para mirarla.

Los camareros estaban limpiando las mesas al final de la cena y la mayoría de los invitados se habían levantado para charlar mientras la orquesta se preparaba para la segunda parte de la noche.

–La cena ha sido fabulosa –dijo Miranda.

–La cena, pero no la compañía, ¿eh?

Andy sintió que le ardían las mejillas.

–No quería decir...

–Claro que querías decirlo –Darius esbozó una sonrisa–. Admítelo, te gusta machacarme.

Sí, en realidad así era, pero solo para ocultar el deseo que sentía por él. Aunque, después de lo que había pasado en la sala de juntas, estaba claro que era una pérdida de tiempo.

Seguía sintiéndose mortificada cada vez que lo recordaba. Había sido una agonía estar sentada a su lado durante la cena y fingir que no pasaba nada. Sus sentidos parecían alterados y estaba pendiente de cada uno de sus movimientos.

Por su parte, Darius parecía absolutamente tranquilo mientras le presentaba a los invitados con los que compartían la mesa, incluyéndola en la conversación y mostrándose atento.

Evidentemente, ella era la única que seguía nerviosa por lo que había pasado.

Más aún cuando miró alrededor y vio a Xander sentado al lado de Tia precisamente. Catherine Latimer parecía saber que era una de las primeras bailarinas de ballet del país, aunque su hijo no lo supiera.

El brillo de triunfo de los ojos de Tia cuando miró en su dirección no le gustó nada, pero la tensión que sentía solo podía ser atribuida a una cosa: la orquesta estaba preparándose para dar comienzo al baile; un baile en el que ella no tenía intención de participar.

–Creo que debería irme –murmuró, irguiéndose en la silla–. Estoy un poco cansada y, a pesar de lo que has dicho antes, sé que te gustaría hablar con tu hermano.

Darius no se dejó engañar ni por un momento. Sabía que su intención era evitar que la invitase a bailar porque en esa ocasión no solo sería en público, sino delante de una de sus excompañeras.

Se había negado a satisfacer su curiosidad, pero él sabía que ocurría algo entre Miranda y Tia Bellamy. Y estaba dispuesto a descubrirlo.

–Xander no está de humor para hablar ahora mismo y no vamos a irnos hasta que baile contigo.

–No.

–Sí.

Andy palideció.

–No puedes obligarme a bailar contigo.

Él arqueó una ceja.

–¿No?

–Pues claro que no.

–Tus cuestionables encantos no parecen estar funcionando ahora mismo, Darius –bromeó Xander, que acababa de llegar a su lado–. Vamos a ver si yo tengo más suerte.

Cuando se volvió para mirarla con un brillo cálido en los ojos, su malhumor parecía haberse disipado.

–¿Me harías el honor de concederme el primer baile, Miranda? –le preguntó cuando la orquesta empezó a tocar.

A ella le hubiera gustado aceptar la invitación, aunque solo fuera para poner a Darius y su maldita arrogancia en su sitio, pero el sentido común le advertía que sería un error. Por dos razones.

En primer lugar, no quería bailar con ninguno de los hermanos Sterne y, en segundo, el brillo desafiante de los ojos de Darius le decía que tendría que pagar un precio si aceptaba bailar con Xander después de haberlo rechazado a él.

Un precio que, a juzgar por su reacción en la sala de juntas, Andy estaría más que dispuesta a pagar y a la porra las consecuencias.

–Prefiero no hacerlo, pero gracias –respondió, con una sonrisa.

–Y tú pensando que tus encantos eran más poderosos que los míos –bromeó Darius.

–Oye, tenía que intentarlo – Xander no parecía preocupado o disgustado mientras apartaba una silla para sentarse a su lado–. No sé quién era la mujer que estaba a mi lado durante la cena y he tardado unos minutos en entender que hablaba de ti.

–¿De mí?

–Se refería a ti como Andy.

–Me llamo Andy, pero tu hermano insiste en llamarme por mi nombre completo.

–Ah, qué interesante –Xander lanzó una mirada especulativa a su hermano–. Por cierto, esa mujer te odia, Miranda.

Ese comentario la hizo pensar que, aunque la prensa publicaba lo contrario, Xander Sterne era tan astuto y perceptivo como su hermano. Sencillamente, prefería ocultarlo y no ser tan arrogante.

–Tia y yo trabajamos juntas una vez –se limitó a decir Andy.

–Y supongo que no os llevabais bien.

–Fue hace mucho tiempo.

–Eso no parece haber mitigado su odio.

Andy sentía curiosidad por saber qué le había contado Tia, pero era una curiosidad que no tenía intención de satisfacer porque Darius estaba escuchando la conversación atentamente.

–Era solo una sana rivalidad profesional.

–A mí no me parece muy sana –Xander miró a su hermano–. Yo que tú vigilaría la espalda de Miranda. Esa mujer intenta ocultarlo, pero está claro que tiene un serio problema con ella.

–Ya me he dado cuenta –murmuró Darius–. Y el único que se va a acercar a la espalda de Miranda en el futuro, o a su delantera, seré yo –añadió, con un brillo retador en los ojos.

–¡Darius! –Andy se puso colorada hasta la raíz del pelo.

–Pero es cierto –replicó él con insultante seguridad.

–¿Os conocéis desde hace mucho tiempo? –preguntó Xander, mirándolos con gesto socarrón.

–Demasiado tiempo.

–Un par de días.

Habían hablado al mismo tiempo, Andy con gesto irritado, Darius con el mismo tono burlón que su hermano.

–Puede que parezca mucho tiempo, pero solo han sido unos días –le recordó a Miranda.

–Pues ya sabes cuál es mi respuesta, así que no vuelvas a pedirme que salga contigo.

–No estaba quejándome, todo lo contrario –murmuró Darius, apretándole la mano.

–Estoy empezando a sentirme como una carabina –bromeó Xander.

–Entonces te sugiero que vayas a buscar una mujer y dejes de flirtear con la mía.

Darius ignoró la exclamación de sorpresa de Miranda mientras miraba por encima del hombro de Xander.

–¿Qué es esto? ¿Una convención familiar? Nuestra madre viene hacia aquí.

–Ah, entonces es hora de irme –Xander se levantó abruptamente.

–Ya veo que tus encantos tampoco han funcionado con ella.

–Parece que no. Y no estoy de humor para seguir aguantando reproches por haber llegado tarde. Me alegro de haberte conocido, Miranda.

–Lo mismo digo –murmuró Andy antes de que Xander se perdiese entre la gente.

Darius soltó su mano y se levantó para recibir a su madre.

–Qué pena, Xander acaba de irse.

Catherine frunció el ceño.

–No es con Xander con quien quería hablar.

–¿Ah, no? Pues lo siento, pero Miranda y yo ya nos íbamos.

Andy lanzó sobre él una mirada de reproche. Evidentemente, la llegada de su madre había hecho que cambiase de planes.

–Quería disculparme por no haberla reconocido antes, señorita Jacobs –Catherine Latimer se volvió hacia ella con una sonrisa–. Sabía que su cara me resultaba familiar, pero ha sido Charles quien la ha reconocido y tenía que decirle cuánto disfruté de su interpretación de *Giselle*... ¿cuándo fue, hace cinco años?

Darius vio que Miranda palidecía antes de responder con tono helado:

–Cuatro años y medio.

–Ah, sí, claro. Tiene usted un gran talento. El accidente fue una terrible tragedia...

–Madre...

–Pero ya veo que está recuperada del todo –Catherine seguía sonriendo, sin percatarse de los intentos de su hijo de hacerla callar–. Estoy organizando una gala benéfica para el mes que viene y me preguntaba si podría hacer una actuación de diez minutos. Tal vez de *El lago de los cisnes*.

–¡Madre!

–Darius, deja de interrumpir. Estoy intentando hablar con la señorita Jacobs –Catherine se volvió de nuevo hacia Miranda–. No puedo decirle lo emocionante que sería para todos que actuase...

–¡Ya está bien, madre! –exclamó Darius al ver que Miranda palidecía–. La señorita Jacobs no va a bailar en una de tus galas benéficas, ni el mes que viene ni nunca.

Tiró de la mano de Miranda para levantarla de la silla y le pasó un brazo por la cintura cuando notó que se tambaleaba ligeramente.

–Estás siendo muy arrogante –Catherine frunció el ceño–. La señorita Jacobs es capaz de responder por sí misma.

No, en ese momento no era capaz. De hecho, Darius sabía que, si no la sacaba de allí, iba a ocurrir una de dos cosas: que él fuera increíblemente grosero con su madre, algo que sin duda lamentaría más tarde, o que presenciara cómo Miranda se desmayaba, algo que lamentaría también. Lo último que ella quería era ser reconocida por más gente.

Y, desde luego, no querría provocar una escena delante de Tia Bellamy.

—Como he dicho, Miranda y yo ya nos íbamos, madre.

—Pero...

—Te llamaré mañana —sin esperar respuesta, Darius tomó a Miranda del brazo para alejarla de la gente.

Estaba pálida, disgustada, y había sido él quien había insistido, quien la había chantajeado, para que se metiese en ese nido de víboras esa noche.

Capítulo 6

PASARON por el guardarropa para recuperar el chal de Miranda y salieron del hotel a toda prisa. Darius se aseguró de que estuviese cómoda en el asiento del coche y recorrieron las atestadas calles de Londres en silencio. Miranda estaba atónita tras la conversación con su madre y él lamentaba haberla puesto en esa situación, no solo una vez, sino dos.

Primero con Tia Bellamy y luego con su madre.

¿Cómo demonios se le había ocurrido a su madre pedirle que actuase en una de sus galas benéficas?

No, maldita fuera, su madre no tenía la culpa de lo que había pasado. Él era el culpable. Para empezar, Miranda no había querido acudir a la cena. Él la había chantajeado para que lo hiciera. Y la conversación con su madre no había sido el principio del fracaso de la velada, ni siquiera el encuentro con Tia Bellamy.

—Lo siento.

Andy estaba tan perdida en sus pensamientos que tardó un momento en entender lo que había dicho. ¿El arrogante Darius Sterne estaba pidiendo disculpas? Y, si era así, ¿por qué estaba disculpándose?

Aunque no podía negar que la noche había sido un desastre.

Ir a la cena benéfica había sido un chantaje, conocer a la madre y el padrastro de Darius incómodo, volver a ver a Tia Bellamy... lo peor.

Y esos minutos con Darius en la sala de juntas aún hacían que se ruborizase.

La conversación con Xander antes de la cena también había sido extraña y le había mostrado a un hombre más complejo de lo que decía la prensa.

Que Catherine Latimer le hubiera pedido que bailase en una gala benéfica había sido una sorpresa, pero también algo interesante si era completamente sincera consigo misma.

Por supuesto, no podría volver a bailar de forma profesional. Su cadera y su mulso derechos, aunque más fuertes cada día, no eran capaces de soportar la rigurosa rutina física que exigía una carrera en el ballet, pero eso no significaba que no pudiese bailar durante un tiempo limitado. Una actuación de cinco o diez minutos por una buena causa no solo sería algo posible, sino muy tentador.

De ahí que estuviese tan distraída.

¿Estaba pensando en serio en aceptar la invitación de Catherine Latimer?

Y seguía sin saber por qué estaba disculpándose Darius.

De repente, le entró una risa histérica. ¿Algo podía haber ido peor esa noche?

Lo único que faltaba era que Kim hubiera estado allí, fulminando con la mirada a Darius Sterne.

Había sido un trauma de principio a fin y Andy dudaba que esa montaña rusa de emociones fuese lo que Darius esperaba cuando se dignaba a invitar a una mujer a salir.

En fin, era desternillante, tuvo que reconocer, soltando un resoplido cuando intentaba contener una carcajada.

−¿Miranda? −Darius la miró de soslayo, alarmado al oírla reírse para después contener un sollozo−. Por favor, no llores.

La respuesta de Andy fue taparse la cara con las manos.

Darius masculló una palabrota mientras ponía el intermitente para salir de la avenida principal. Levantó una mano para disculparse con los otros conductores, que tocaron el claxon en señal de protesta cuando cambió de carril. La consideración hacia otros conductores no estaba en su lista de prioridades en ese momento.

Por fin, detuvo el coche en el primer sitio que encontró y se volvió hacia ella para abrazarla.

−Siento mucho habértelo hecho pasar tan mal −murmuró, besándole el pelo.

Miranda seguía con la cara tapada con las manos, sus hombros se sacudían cada vez con más fuerza.

Darius no sabía cómo enfrentarse a las lágrimas de una mujer. Estaba más acostumbrado a que hicieran pucheros para conseguir lo que querían y, con los años, se había vuelto inmune a las manipulaciones.

Pero Miranda era demasiado directa como para andarse con subterfugios y, desde luego, no era el tipo de mujer que manipularía a un hombre, de modo que se sentía impotente.

−Miranda...

Cuando por fin levantó la cabeza para mirarlo, Darius frunció el ceño al ver que no estaba llorando, sino riéndose. En sus mejillas veía un rastro de lágrimas, pero parecían ser lágrimas de risa, no de angustia.

–Pero bueno...

Ella sacudió la cabeza.

–¿No ha sido la noche más horrible de tu vida? –le preguntó entonces, riéndose–. Lo único que faltaba para hacerla absolutamente horrenda era la presencia desaprobadora de mi hermana.

Darius dejó escapar un largo suspiro mientras se echaba hacia atrás en el asiento con gesto de perplejidad.

En su experiencia, la mayoría de las mujeres se hubieran aprovechado del chantaje que las había puesto en esa situación tan incómoda asegurándose de que lo pagara con un caro regalo o alguna otra manipulación.

Pero Miranda estaba riéndose.

Era la primera vez que la veía reírse sin contenerse. Le brillaban los ojos y sus mejillas habían recuperado el color. Parecía más joven, más alegre que nunca. E increíblemente bella.

Aunque no estaba seguro al cien por cien de que fuese halagador saber que calificaba los minutos que habían pasado en la sala de juntas como parte de «la noche más horrible de su vida».

–Venga ya, Darius –lo animó ella al ver que fruncía el ceño–. Admítelo, ha sido tan horrible que solo queda reírse –sacó un pañuelo del bolso para secarse las lágrimas.

–Ha tenido momentos de humor –dijo él, a regañadientes.

–Ha sido como una película de catástrofes.

–No creo que toda la noche haya sido un desastre.

Andy fingió pensárselo, esperando que la tenue luz del interior del coche ocultase que se había puesto colorada porque sabía muy bien a qué parte se refería.

—Bueno, no —dijo por fin—. Por ejemplo, he disfrutado charlando con tu hermano.

Él hizo una mueca.

—No sé si me gustabas más antes de descubrir tu retorcido sentido del humor.

Los últimos cuatro años habían sido tristes, tuvo que reconocer Andy, y tal vez también había perdido el sentido del humor.

Si era así, desde luego había vuelto a encontrarlo esa noche. A la fuerza. Era reírse o hacerse un ovillo y llorar hasta que no le quedasen lágrimas. Pero no tenía intención de hacer eso; sus días compadeciéndose de sí misma habían terminado mucho tiempo atrás.

—No lo digo en broma. Xander es guapísimo y ha sido encantador después de la cena.

—¿Al contrario que yo?

—Xander es muy guapo y encantador —repitió ella.

—Pero no estaba de muy buen humor cuando llegó al hotel.

—Debía de estar molesto por algo, pero se le pasó.

—¿Qué quieres decir?

Andy se encogió de hombros.

—Que no da la impresión de enfadarse a menudo.

—¿Al contrario que otra persona a la que no quieres mencionar?

Miranda lo miró con gesto inocente.

—Repito que Xander es muy guapo y encantador.

Darius intentó disimular una sonrisa, pero fracasó miserablemente.

–Estás decidida a hundirme.

–Creo que un poco de humildad te vendría bien.

Darius empezaba a admirar a aquella mujer. Miranda solo tenía veintitrés años y ya había pasado por tantas cosas... había perdido a sus padres a los dieciocho años para, unos meses después, sufrir la mayor decepción de su vida cuando su prometedora carrera en el ballet terminó trágicamente.

Pero había sobrevivido. Era una superviviente porque había rehecho su vida y acababa de descubrir que era capaz de reírse de sí misma y de él, incluso en medio de la adversidad.

–¿Quieres que comamos juntos mañana? –le preguntó, sin pensar.

Sabía que Miranda estaba atravesando no solo su natural reserva, sino las barreras que se había impuesto para controlar sus emociones. Esa noche se había dado cuenta de que no solo la deseaba, sino que quería protegerla.

No quería que nadie le hiciese daño. Como Tia Bellamy, que la había despreciado deliberadamente, o su madre, que lo había hecho sin darse cuenta. No le había gustado verla infeliz. En absoluto.

–¿Por qué? –preguntó ella.

–No sé, porque me apetece comer contigo.

–Pero es domingo.

–¿Y?

Miranda se encogió de hombros.

–El domingo es el día de la familia, ¿no? Normalmente la gente se reúne para disfrutar de un buen asado, por ejemplo, antes de sentarse frente a la televisión para ver una película. En fin, cosas así.

–¿Eso es lo que vas a hacer tú mañana?

–No, este fin de semana mi hermana y mi cuñado van a casa de los padres de Colin.

Darius asintió con la cabeza.

–Suena muy bien. Que yo recuerde, mi madre jamás ha hecho asado un domingo, ni nos hemos reunido nunca frente a la televisión para ver una película.

Antes de que sus padres muriesen y, cuando sus clases de ballet lo permitían, Andy siempre iba a casa los domingos para estar con su familia. Kim y ella ayudaban a su madre en la cocina antes de comer como lobos, y luego solían ver algún clásico en blanco y negro. Eran unos recuerdos tan entrañables...

Darius podía comprar todo lo que quisiera. Sin duda, tendría empleados que se encargarían de cocinar para él y podía comer en los restaurantes más caros del mundo, pero ¿nunca había disfrutado de una sencilla comida dominical con su familia?

–No me apetece salir a comer, pero puedes pasarte por mi apartamento a la una más o menos. No tengo intención de chantajearte para que lo hagas –le dijo, burlona.

Y luego se regañó a sí misma por haberlo invitado. En fin, aquella noche había sido tan horrible como para reírse, pero no podía olvidar que Darius la había besado y acariciado más íntimamente que ningún otro hombre.

De modo que invitarle a su apartamento, por cualquier razón, era como pedir que la escena se repitiese. Literalmente, estaba invitándolo a hacerlo.

–El trabajo de tu cuñado está a salvo –dijo Darius abruptamente–. Al parecer, es uno de los mejores informáticos que tiene Empresas Midas.

Ella esbozó una sonrisa.

—La invitación sigue en pie.

Darius frunció los labios, irritado.

—No eres mi madre, Miranda.

—Eso está claro —respondió ella, burlona.

—Y te aseguro que no me siento en absoluto perjudicado porque mi madre no haga un asado los domingos.

No, claro que no. Darius Sterne, multimillonario y empresario de éxito, tenía casas en las ciudades más importantes del mundo, incluso un jet privado. Y pagaba miles de libras por dos entradas para una cena benéfica. ¿Cómo se le había ocurrido invitarlo a comer en su apartamento?

—Solo intentaba devolverte la invitación.

—Pero sin chantaje —le recordó él, en tono burlón.

—Mira, déjalo.

—Ah, ahora te he ofendido.

—No me ofendo tan fácilmente.

—Comer juntos en tu apartamento suena bien...

—Pero aburrido —dijo ella—. Como te he dicho, olvídalo. Era una tontería.

—No, la verdad es que suena... —Darius hizo una pausa, sin saber qué decir.

Disfrutar de una comida casera en el apartamento de Miranda podría ser muy agradable. E íntimo. Y también algo que Darius solía evitar con las mujeres. Aunque las modelos y las herederas con las que solía salir nunca lo habían invitado a una comida casera, pero aun así...

—Suena bien, gracias —dijo abruptamente—. Yo llevaré el vino.

Andy se preguntó si habría disfrutado alguna vez de una comida casera hecha por una mujer.

No podría definirlo como un hombre desfavorecido precisamente, pero ¿una comida casera no era más normal que comer siempre en un restaurante o encargarle la comida a un chef personal?

Tal vez ser multimillonario tenía sus inconvenientes después de todo.

Debía de ser maravilloso vivir sin preocupaciones económicas, pero ¿y lo que uno se perdía de la vida? Comidas familiares, paseos por el parque o sentarse en silencio con alguien para leer un libro. ¿Tener tanto dinero ponía a Darius por encima de esas cosas tan sencillas?

O tal vez no se echaba de menos lo que nunca se había tenido. Ella nunca había tenido dinero y no lo echaba de menos. Darius había nacido en una familia adinerada, de modo que nunca había vivido de otra manera.

Y, en ese caso, una sencilla comida casera en su loft sería una novedad para él.

—Una botella de vino tinto sería genial —asintió—. Atuendo informal, por supuesto.

Por el momento, solo había visto a Darius con traje de chaqueta o esmoquin. ¿Cómo estaría con un par de viejos tejanos bajos de cadera y una camiseta ajustada, con el pelo oscuro cayendo sobre la frente?

Solo imaginárselo le produjo un estremecimiento de emoción.

Y esos pensamientos iban a meterla en un lío. En más líos.

Andy se irguió en el asiento.

—¿Te importaría llevarme a casa? Ha sido una noche muy larga.

Darius siguió mirándola durante unos segundos, notando el atractivo rubor de sus mejillas, el brillo de sus ojos, los labios generosos y húmedos.

Lo único que deseaba era besarla en ese momento, tocarla como la había tocado unas horas antes.

Tuvo que hacer un esfuerzo sobrehumano para darse la vuelta en el asiento y arrancar de nuevo, en silencio. No miró a Miranda durante el resto del camino, pero era consciente del calor de su cuerpo, del perfume que llevaba, que siempre asociaría con ella; algo floral y ligeramente exótico. Y el silencio era agradable.

Íntimo.

Otra vez esa palabra.

Eso que había entre Miranda y él, lo que fuera, estaba volviéndose demasiado incómodo.

Una incomodidad que volvió a sentir en cuanto llegó al apartamento de Miranda al día siguiente y ella le abrió la puerta con unos tejanos ajustados y una camiseta ancha de color verde que revelaba el contorno de sus pechos. Con el rostro limpio de maquillaje, se había recogido el pelo en una coleta e iba descalza.

Su belleza natural, espontánea, lo dejó sin habla durante unos segundos.

Y eso era lo último que quería. Después de haber dado vueltas y vueltas en la cama por la noche, incapaz de conciliar el sueño, había estado a punto de llamar para cancelar el almuerzo. No lo había hecho porque Miranda hubiera adivinado que estaba intentando distanciarse de ella.

Porque estaba acercándose demasiado.

Peligrosamente.

Y quería acercarse aún más.

Quería tener a Miranda tan cerca como para saberlo todo sobre ella; cuál era su comida favorita, su color favorito, qué películas o libros le gustaban. Quiénes eran sus amigos, cuáles eran sus ambiciones, qué esperaba del futuro, qué buscaba en un amante... especialmente, quería descubrir eso.

Y quería que ella supiera esas mismas cosas sobre él. Pero era muy raro porque nunca había querido eso con otra mujer.

Una mirada a Miranda y supo que, haciendo caso a su instinto, debería haber cancelado el almuerzo.

Ella inclinó la cabeza cuando abrió la puerta y la coleta cayó hacia un lado.

–No es demasiado tarde para cambiar de opinión.

Darius hizo un gesto de irritación. ¿Su estado de ánimo nunca era un secreto para aquella mujer? Probablemente no se le daba bien ocultar sus emociones, por eso intentaba vivir sin ellas. Dejarlas en casa.

–¿Vas a entrar o prefieres quedarte en la escalera? Yo creo que sería incómodo comer de pie, pero es decisión tuya.

No fue solo el reto que le lanzaba, o el delicioso olor que llegaba de la cocina, lo que hizo que Darius le entregase con gesto abrupto la botella de vino antes de entrar, sino también la curiosidad por ver el sitio en el que vivía, ya que la noche anterior había insistido en subir sola al apartamento cuando se ofreció a acompañarla.

El interior era un espacio abierto del mismo tamaño que el estudio de danza del piso de abajo, con paredes de ladrillo y oscuras vigas de madera en el techo. El loft estaba dividido en zonas, con una cocina rústica en una esquina, una mesa y cuatro sillas al otro lado de la isla. El sofá y los sillones, cómodos y modernos, se hallaban frente a una chimenea y el suelo estaba cubierto de alfombras de colores tierra: terracota, amarillos y verdes con algunos toques teja.

Había varias reproducciones de pinturas de ballet de Degas en las paredes y media docena de escalones que llevaban a una entreplanta, donde seguramente estarían el dormitorio y el cuarto de baño.

Era completamente opuesto a los ultramodernos apartamentos que él poseía en varias ciudades del mundo, decorados por reputados profesionales, pero fríos, sin alma. En contraste, el apartamento de Miranda era cálido y hogareño, muy agradable.

Era un oasis de calma y tranquilidad donde sería posible relajarse del todo, lejos de las prisas y del bullicio de la vida diaria.

Andy no sabía lo que se le estaba pasando por la cabeza a Darius mientras miraba alrededor con expresión indescifrable.

Solo esperaba que su propia expresión lo fuese también.

Su fantasía de ver a Darius con vaqueros y camiseta no le hacía justicia. Los viejos tejanos acentuaban a la perfección el duro trasero y las largas piernas. Y la camiseta negra de manga corta revelaba unos brazos fuertes, de bíceps marcados, un torso ancho y un estómago plano. Llevaba el pelo alborotado, como si acabara de salir de la ducha y lo hubiera dejado secar durante el viaje.

Tenía un aspecto tan masculino, tan absolutamente delicioso que le temblaban un poco las rodillas.

Llevaba horas intentando decidir qué debía ponerse y había sacado casi todo lo que tenía en el armario, vetando un conjunto tras otro. Al final, se había decidido por lo que solía ponerse los domingos para estar en casa, unos tejanos y una camiseta ancha, esperando que esa sensación de familiaridad la ayudase a soportar las siguientes horas con Darius.

Aunque, por cómo la había mirado cuando llegó, había perdido el tiempo. Comodidad y familiaridad era lo último que sentía en ese momento.

—¿Quieres abrir la botella de vino mientras termino de hacer la comida? —Andy señaló el sacacorchos que había sobre la encimera antes de volverse diligentemente para sacar el asado del horno.

Había sido una estupidez, se regañó a sí misma por enésima vez, mientras Darius descorchaba hábilmente la botella.

Había salido a comprar en cuanto abrieron las tiendas esa mañana, esperando encontrar a su regreso un mensaje de Darius en el contestador cancelando el almuerzo. No tuvo suerte y a mediodía, sin saber nada de él, había decidido aceptar lo inevitable.

Pero solo iban a comer. Después no se sentarían cómodamente en el sofá para ver una película, ni harían nada que pudiera ser... peligroso.

—Esto está bien.

Andy se volvió para mirarlo. Estaba tan cerca que notaba el calor de su aliento.

—Es mi casa.

—No me refería al apartamento.

«Oh, no».

No debería haberlo invitado. Probablemente era la peor idea que había tenido en toda su vida.

Se le aceleró el corazón cuando sus ojos se encontraron con esos ojos azules. La colonia que llevaba, una mezcla de limón y especias, se enredaba insidiosamente en sus sentidos.

Tuvo que tragar saliva antes de hablar, convencida de que el tiempo se había detenido. Uno de los dos tenía que romper la tensión.

—¿Te gustaría cortar el asado en la mesa o quieres que lo sirva directamente en los platos? —intentaba mostrarse calmada, pero su voz sonaba inusualmente ronca.

Darius miraba la boca de Miranda mientras hablaba, de nuevo hipnotizado por los generosos labios, sin una gota de carmín, deseando besarlos hasta que estuvieran hinchados y húmedos.

Luego querría quitarle la camiseta y el sujetador y saborear sus pechos de nuevo...

Antes de bajar los tejanos por esas largas y sedosas piernas y quitarle las bragas para besar y saborear lujuriosamente la frondosidad que había entre sus piernas.

Más que nada, quería terminar lo que habían empezado la noche anterior: besar a Miranda, acariciarla con las manos, la lengua y los labios y no apartarse hasta que estuviera gritando de placer.

Pero nada de eso entraba en sus planes un minuto antes. Había pensado que comerían juntos y luego, después de darle las gracias amablemente, se marcharía de allí a la carrera.

¿Qué tenía aquella mujer que le hacía perder la cabeza?

Ni siquiera era su tipo. Era demasiado inocente e inexperta para él y seguramente saldría corriendo si supiera las cosas que había imaginado hacerle mientras estaba despierto en la cama, incapaz de conciliar el sueño.

—¿Darius?

Él se encogió de hombros.

—Me parece bien que cortes el asado antes de servirlo.

Andy suspiró. Su padre solía cortar el asado en la mesa y Colin había seguido la tradición, pero probablemente eso era demasiado doméstico para el sofisticado multimillonario Darius Sterne.

¿Probablemente?

Aquel hombre estaba tan domesticado como un tigre. Y se movía como si lo fuera, notó, sin aliento, mientras cruzaba la habitación para estudiar las pinturas de las paredes, con esos tejanos ajustados que le marcaban el apretado trasero.

—¿Todo bien? —Darius se volvió para mirarla enarcando una ceja.

Andy dio un respingo al darse cuenta de que le estaba mirando el trasero en lugar de atender al almuerzo.

—Sí, claro —hizo un esfuerzo para cortar el asado antes de servirlo en los platos.

Cuanto antes comiesen, antes se iría.

Capítulo 7

ADEMÁS de ser preciosa, sabes cocinar, esto es increíble –Darius se echó hacia atrás en la silla, después del que había resultado ser un almuerzo muy agradable.

Y no solo porque la comida fuera deliciosa.

No, una vez que empezaron a comer, la conversación fluía de forma natural y, lo supiera ella o no, había descubierto muchas cosas interesantes sobre Miranda Jacobs. Su color favorito era el rojo, su comida favorita la italiana y le gustaba leer novelas de misterio. Como a él también le gustaban, mantuvieron una animada discusión sobre sus autores preferidos.

–Soy capaz de hacer muchas cosas –riéndose, Miranda se levantó con intención de limpiar la mesa.

Pero Darius puso una mano en su brazo.

–Siéntate y termina tu copa de vino. Yo me encargo de limpiar esto.

–¿Limpias además de ser guapo? –bromeó Miranda.

Darius esbozó una sonrisa.

–Bueno, me quedo con lo de guapo.

–¿No tienes un ejército de empleados que hacen esas cosas por ti? –le preguntó mientras tomaba los platos para llevarlos a la cocina.

–Por favor, no vamos a estropear el día discutiendo. O tal vez esa era tu intención.

¿Qué estaba intentando hacer? ¿Distanciarse provocándolo deliberadamente?

Tal vez quería discutir porque estaba a la defensiva después de un almuerzo mucho más agradable de lo que se había imaginado. Habían hablado de libros, de teatro y de arte mientras comían. Y, sin duda, el delicioso vino tinto había contribuido a que estuvieran relajados.

Pero no era real, se recordó a sí misma con firmeza.

Darius era... quien era. Sus vidas eran completamente diferentes.

Demasiado diferentes como para volver a verse.

Aunque él lo sugiriese. Y Andy no tenía razones para pensar que iba a hacerlo.

–Ah, veo que tenía razón –Darius suspiró, frustrado por su silencio–. ¿Qué he hecho para que desconfíes tanto de mí, aparte de recurrir al chantaje para que me acompañases a la cena?

–¿No es suficiente? La gente normal no chantajea a los demás para obligarlos a hacer algo que no quieren hacer.

–Pero estabas siendo muy intransigente.

Andy hizo una mueca.

–¿Y eso te da derecho a utilizar el puesto de trabajo de mi cuñado para chantajearme?

–Me da derecho a utilizar los medios que crea necesarios.

–No, Darius. No es así.

Él la miró, impaciente.

Evidentemente, la tregua había terminado.

–¿Por qué no vas a ver si hay alguna película en la televisión que merezca la pena mientras yo limpio esto?

–¿Tienes intención de quedarte? –le preguntó ella, sorprendida.

No había sido su intención, todo lo contrario. Pero las últimas dos horas habían sido más reales, más agradables que nada que pudiese recordar y no estaba dispuesto a marcharse todavía.

–Pensé que ver una película era parte del ritual familiar.

–Pero tú no eres de la familia.

–Podríamos fingir que lo soy.

–No, no podríamos.

Él enarcó una ceja.

–¿Por qué no?

Andy no se podía imaginar a nadie menos familiar. Además, le sorprendía que quisiera quedarse después de comer. Estaba segura de que saldría corriendo, que un par de horas de «normalidad» serían más que suficientes para él.

–¿Qué sueles hacer los domingos por la tarde?

Darius se encogió de hombros.

–Trabajar –respondió–. Ser rico no significa estar de fiesta o de vacaciones en yates privados todo el día. No me quejo, pero tenemos oficinas por todo el mundo y miles de empleados y proveedores a los que debemos mantener contentos.

–Ah, el pobre niño rico.

Él hizo una mueca.

–Por difícil que resulte creerlo, a veces así es.

En realidad, a Andy no le costaba tanto creerlo porque sabía que con los privilegios llegaba la responsabilidad. Que por muy agradable que fuera ser tan rico como Darius y Xander Sterne, tal vez no siempre podían hacer lo que querían. Seguramente, tendrían que trabajar mucho para dirigir ese imperio empresarial y mantener tantos miles de puestos de trabajo.

–Entonces, sugiero que dejemos la limpieza para más tarde y vayamos a dar un paseo por el parque para bajar el almuerzo –anunció, levantándose–. Podemos elegir una película cuando volvamos. ¿Qué te parece?

–¿Un paseo?

Andy esbozó una sonrisa.

–Seguro que has oído hablar de ello. Solo hay que poner un pie delante del otro y...

–Sé lo que es pasear, Miranda. Pero se me ocurre un ejercicio mucho más divertido –Darius la miró, expectante.

–Y respirar un poco de aire fresco –siguió Andy, con determinación, aunque el brillo de sus ojos decía claramente que sabía a qué clase de ejercicio se refería Darius–. Admirar las flores, ver a los patos en el estanque, a la gente paseando con sus perros, a los niños en los columpios. Eso es lo que nosotros, los menos privilegiados, hacemos los domingos por la tarde.

–Muy graciosa.

Ella se rio mientras se quitaba la cinta del pelo, dejándolo suelto sobre sus hombros.

–Deja de protestar y vamos –lo animó, mientras se ponía unas zapatillas de ballet que había frente a la puerta.

–Hoy estás muy mandona.

–No deberías quejarte cuando acabo de hacerte el almuerzo.

–No estoy quejándome. De hecho, creo que me gusta –Darius dio un paso adelante. Estaba tan cerca que podía sentir el calor de su cuerpo–. ¿Eres tan mandona en la cama?

Andy sintió un estremecimiento en la espina dorsal; el tono ronco de su voz parecía acariciarla por dentro. Sus pezones se levantaban, empujando contra el sujetador, y sentía un traidor ardor entre los muslos.

–Yo... –se aclaró la garganta cuando su voz sonó extrañamente áspera–. ¿Podemos limitarnos a dar un paseo?

Darius seguía riéndose por su reacción cuando salieron del apartamento para ir al parque, al otro lado de la calle, entrelazando sus dedos con los de ella.

–¿Y ahora puedo disfrutar de mi ejercicio favorito? –murmuró Darius una hora después, abrazando a Miranda en cuanto volvieron al apartamento.

–Espera...

–Llevo horas sufriendo los tormentos del infierno por culpa de esos tejanos ajustados e imaginándome tus pechos bajo esa camiseta ancha.

–No creo que sea apropiado. Yo pienso...

–¿Te han dicho alguna vez que piensas demasiado? –la interrumpió él, pasando la yema del pulgar por su labio inferior.

–¿Y alguien te ha dicho a ti que no piensas lo suficiente? –replicó ella–. El almuerzo, el paseo por el parque... habíamos quedado en eso y es mejor no complicar las cosas, ¿no te parece? Los dos sabemos que no hay ninguna razón para volver a vernos.

Él hizo una mueca.

–No me gusta cómo suena eso.

–Pues lo siento –Andy hizo una mueca.

Darius la miraba sin poder disimular su admiración. El cabello despeinado por el viento, los brillantes ojos verdes rodeados de largas pestañas, el rubor de sus mejillas y esos labios que tanto le gustaría besar. O ese cuello largo, esbelto, el hueco de las clavículas y los pezones erectos bajo la camiseta.

–Voy a besarte, Miranda. Y tú vas a dejar que lo haga –dijo con firmeza cuando ella iba a protestar.

Dejar que Darius la besase no era lo que más le preocupaba. Bueno, le preocupaba, pero solo porque no sabía cómo iba a terminar. O si terminaría en absoluto...

Su mirada, ensoñadora y cálida, la mantenía cautiva mientras inclinaba la cabeza.

Miranda abrió los labios, su aliento escapó en un suspiro al notar el primer roce. Se derritió instintivamente entre sus brazos y levantó las manos para tocar sus bíceps y el estómago plano bajo la camiseta.

–Sí, Miranda, quiero que me toques –la animó con voz ronca, besando sus labios, sus mejillas, el arco de su garganta, mordisqueando suavemente o rozando con la lengua esa piel tan sensible–. He querido hacer esto desde el día que te conocí y estoy deseando terminar lo que empezamos esa noche.

Cuando Andy iba a protestar, Darius le apretó el trasero para levantarla del suelo y ya no pudo ni quiso decir nada.

Sabía que todo lo que había ocurrido hasta entonces había llevado a ese momento.

Enredó las piernas en su cintura, notando la erección dura y caliente contra el húmedo triángulo de entre sus muslos mientras la llevaba hacia el sofá.

Se colocó sobre ella a horcajadas, empujando con la pelvis para hacerla sentir su deseo mientras la besaba. Andy enredó los dedos en el denso pelo oscuro y suspiró cuando deslizó la lengua entre sus labios, sensibilizándola antes de invadir su boca, lentamente al principio y luego con más exigencia.

Darius metió las manos bajo la camiseta para desabrochar el sujetador y acariciar ansiosamente sus pechos desnudos. Andy arqueó la espalda instintivamente al sentir el roce de sus dedos y suspiró de placer cuando capturó un pezón entre el índice y el pulgar para apretarlo sin mucha delicadeza.

–Tengo que quitarte eso –Darius tiró de la camiseta y el sujetador para clavar sus ardientes ojos en los pechos desnudos.

Gracias a una vida entera de ejercicio, sus pechos eran pequeños, pero altos y perfectamente formados. Los levantó con las dos manos, disfrutando del roce aterciopelado de su piel, antes de inclinar la cabeza para capturar un pezón entre los labios.

Tenía que hacer un esfuerzo para no chupar ansiosamente. Quería ir despacio, disfrutar de cada momento, demostrarle que había muchas razones por las que deberían volver a verse.

Lamió suavemente un pezón, tomándose su tiempo para saborearlo, y fue de inmediato recompensado por los suaves gemidos de Miranda, que se agarraba a sus hombros mientras se arqueaba hacia él deseando más, exigiendo más.

Y él se lo dio. Capturó su hinchado pecho con una mano mientras chupaba el pezón con fuerza, metiéndoselo en la boca todo lo que era posible y empujando hacia delante para hacerle notar la evidencia de su deseo, un deseo que ya no podía ocultar y que crecía al saber que también ella quería más, necesitaba más.

Andy estaba totalmente perdida en el placer que le proporcionaban los labios y las manos de Darius mientras su rígido miembro empujaba impúdicamente contra ella. Pero necesitaba más, necesitaba que la llenase.

–Te necesito... –se revolvía, inquieta, buscando algo desesperadamente, anhelando que apretase más fuerte contra el húmedo triángulo de entre sus muslos–. Darius, por favor, necesito...

Él levantó la cabeza para mirarla.

–Dime –la animó, rozando el pezón con la punta de la lengua–. Dime lo que quieres, Miranda.

Andy, cautiva de sus ojos profundos y oscurecidos, respiró hondo mientras levantaba las caderas para buscarlo. Necesitaba ese contacto, lo deseaba más que nada en toda su vida.

–Con palabras –la animó él. El intenso rubor de sus mejillas delataba un deseo que apenas podía controlar–. Necesito escucharlo en palabras.

–Yo no...

–Dímelo.

Andy cerró los ojos brevemente antes de abrirlos de nuevo.

–Necesito que me toques. Lo necesito, Darius.

–¿Dónde?

–Por todas partes –respondió ella, agitada–. Mis pechos, entre las piernas, por todas partes... –dejó la frase en suspenso cuando Darius la tumbó en el sofá y empezó a desabrocharle la cremallera de los vaqueros.

Y fue entonces cuando Andy *recordó* y, asustada, intentó taparse con las manos para que no pudiera seguir.

–Ya sé que tienes cicatrices, Miranda –dijo Darius en voz baja.

Ella se quedó inmóvil, casi sin atreverse a respirar, segura de que su corazón había dejado de latir cuando levantó la mirada.

–¿Cómo puedes saberlo?

–Por pura lógica –Darius tiró de los tejanos–. Sé que tus lesiones tras el accidente fueron graves.

–No fue un...

Andy dejó la frase en suspenso. Había estado a punto de decir que su caída del escenario cuatro años antes no había sido un accidente. Nadie la había creído entonces y lo último que necesitaba en ese momento era que Darius pensara que era una amargada histérica.

–Sé que tuvieron que operarte muchas veces. Entre eso y los comentarios de Tia Bellamy sobre los vestidos largos, no era muy difícil adivinar que te han quedado cicatrices.

Había conseguido quitarle los tejanos mientras hablaba y se quedó sin aliento al ver que llevaba unas bragas de color carne, con los rizos dorados visibles bajo la húmeda seda.

Y también eran visibles las cicatrices del muslo derecho, un delicado trazo de incisiones quirúrgicas que se habían vuelto líneas blancas y planas en los últimos cuatro años, pero aún eran patentes.

Unas cicatrices que Miranda intentó esconder con la mano.

–Son horribles.

–Son parte de ti, como heridas de guerra –Darius inclinó la cabeza para rozar con los labios cada una de las cicatrices–. Y has ganado esa batalla, Miranda.

Andy dejó escapar un gemido.

–No...

Él siguió besándola mientras murmuraba:

–Todos llevamos cicatrices. Algunas son visibles, otras no, pero todos tenemos cicatrices del pasado.

Andy se preguntó qué cicatrices tendría él. Pero al recordar la conversación entre los dos hermanos de la noche anterior no era difícil suponer que seguramente estaba pensando en su padre, a quien Xander había descrito como un canalla...

No pudo seguir pensando en ello porque Darius tiró de sus bragas hacia abajo, despacio, deslizándolas por sus muslos hasta dejarla completamente desnuda. Notó el calor de su aliento en la cara mientras se colocaba de rodillas, mirándola con expresión abrasadora.

–Preciosa –musitó con voz ronca–. Eres preciosa, Miranda.

Ella se movió, incómoda.

–Me siento demasiado desnuda a tu lado.

–Creo que soy yo quien está demasiado vestido –Darius se quitó la camiseta y la tiró al suelo junto con el resto de la ropa–. ¿Ahora mejor?

Andy olvidó su pudor para admirar el ancho y bronceado torso masculino de abdominales marcados. No tenía una onza de grasa, de modo que no pasaba todo el día tras un escritorio, como había pensado el día que lo conoció. El suave vello oscuro se perdía bajo la cinturilla del pantalón.

Era tan hermoso que la dejaba sin aliento.

–Necesito saborearte, Miranda –dijo con voz ronca mientras se colocaba entre sus muslos, abriendo sus piernas con los anchos hombros.

–Yo... ay, Dios mío –Andy apretó los labios al sentir el primer roce de su lengua.

No podía resistirse al deseo de mirarlo, tan oscuro y primitivo en contraste con su piel banca. Tenía los ojos cerrados, con las largas pestañas rozando sus pómulos.

Andy enredó los dedos en su pelo, convencida de que se iba a morir de placer.

–Necesito que me toques –la animó él mientras se ponía de rodillas para quitarse los tejanos y tirarlos junto al montón de ropa que había en el suelo.

Era emocionante verlo tan excitado y saber que ella era la causa de esa excitación.

Andy vaciló brevemente antes de rozarlo con los dedos, asombrada por lo suave que era la piel que recubría un miembro duro como el acero. Instintivamente, movió la mano arriba y abajo, siguiendo el ritmo que él marcaba mientras la acariciaba con la lengua.

–Más fuerte, Miranda –murmuró–. Más deprisa.

Conteniendo el aliento, lo apretó con fuerza cuando Darius envolvió con los labios el capullo escondido entre los rizos para chuparlo intensamente mientras, al mismo tiempo, deslizaba primero uno y luego un segundo dedo dentro de ella.

El placer amenazaba con consumirla, llevándola cada vez más alto antes de explotar en un caleidosco-

pio de sensaciones, emociones y colores que la dejó
sin aliento.

Enajenada, notó que él se ponía rígido un segundo
antes de caer con ella al precipicio.

Darius jadeaba, recostado sobre los muslos de Miranda, demasiado agotado como para moverse.

Nunca había sido así antes. Tan intenso, tan inmediato. Hasta tal punto que no había podido controlarse.
Y había experimentado el más profundo e intenso clímax de su vida.

Maldita fuera, lo habían hecho en el sofá, como dos
adolescentes.

Darius podría haberse reído de sí mismo si no estuviera tan sorprendido.

No solo sorprendido, sino desconcertado.

Había sido sexualmente activo desde la adolescen-
cia y siempre había disfrutado del sexo como diversión
o como alivio de la tensión, pero aquello... ese momento con Miranda no se parecía a ningún otro.

Había experimentado una emoción tan intensa que
no fue capaz de parar y había terminado en su mano,
como un crío. Y ni siquiera estaba dentro de ella.

¿Qué significaba eso?

¿Qué quería él que significara?

Le gustaba Miranda, incluso la admiraba, pero ¿era
algo más? ¿Podría ser algo más?

¿Cómo iba a pensar en nada cuando Miranda estaba desnuda debajo de él, con su femenina fragancia
invadiendo, capturando, sus sentidos?

Distancia.

Tenía que poner distancia entre Miranda y él.

Pero no se le ocurría cómo podía apartarse de esos

muslos desnudos, y menos salir de su apartamento sin quedar como un idiota.

Pero él era Darius Sterne, un magnate conocido por mantener las distancias con todo el mundo, salvo con su hermano, Xander, hasta el punto de que varias mujeres lo habían acusado de ser frío e intratable.

Pero debía admitir que no sabía cómo escapar de esa situación sin hacerle daño. Y no quería hacerle daño; solo necesitaba apartarse un poco para pensar con claridad, para poner la situación en perspectiva. Para ver si encontraba alguna perspectiva.

La cuestión era cómo hacerlo.

Aquello era algo que nunca le había molestado en el pasado.

No creía haber sido deliberadamente cruel con otras mujeres, sencillamente nunca había estado interesado en ellas fuera del dormitorio.

Pero sabía que Miranda no era como las mujeres con las que solía acostarse, de hecho, no se parecía nada a las modelos con las que solía acostarse; mujeres que solo estaban interesadas en él por la publicidad que una aventura con Darius Sterne podía darles a sus carreras.

¿Había elegido siempre a mujeres que no eran una amenaza para su cerrado corazón?

Tal vez.

Pero Miranda era diferente.

Había tenido que chantajearla para que lo acompañase a la cena.

Sabía que era muy vulnerable y sus propias cicatrices emocionales del pasado, y el distanciamiento entre su madre y él, hacían que fuese el último hombre con el que Miranda debería tener una relación.

Y por eso tenía que marcharse lo antes posible.

Se apartó de ella, sin mirarla mientras se ponía en pie, sabiendo que si la miraba perdería la resolución y volvería a hacerle el amor.

—¿El baño? —murmuró mientras volvía a ponerse los tejanos y la camiseta.

Los pensamientos de Darius eran un enigma para Andy, pero que no pudiese mirarla mientras se vestía se lo decía todo.

Aunque tampoco ella podía mirarlo cuando la euforia y el placer se esfumaron y la dura realidad se volvió demasiado bochornosa.

Nunca había dejado que un hombre la acariciase de forma tan íntima y sentía que le ardía la cara al recordar lo que había pasado.

Pero no podía olvidar el éxtasis que le había hecho sentir. Era un placer que jamás había creído posible, y jamás se hubiera imaginado que lo compartiría con Darius Sterne.

Se mostraba distante en ese momento, pero no había sido el frío amante que ella temía que fuera. No, al contrario, había sido considerado, atento. Incluso había besado las cicatrices que llevaba cuatro años escondiendo.

Y eso, debía admitir, había hecho que perdiese la cabeza.

¿Lo suficiente como para enamorarse de él?

¿Cómo iba a resistirse a un hombre que veía esas cicatrices como heridas de guerra?

No podía. No había querido hacerlo.

Y Darius había hecho que su primer encuentro carnal fuese muy hermoso.

Pero daba igual lo que sintiera; el comportamiento de Darius dejaba claro que todo eso había terminado.

—Arriba, a la derecha —Andy frunció el ceño cuando Darius se dio la vuelta sin molestarse en mirarla.

Tenía tiempo para recoger su ropa del suelo y vestirse antes de que volviera, pensó. Pero ¿cómo iba a vestirse cuando sobre sus muslos y su abdomen estaba la viscosa prueba del orgasmo masculino?

«Qué vergüenza».

Tal vez si iba corriendo a la cocina para tomar un paño...

Antes de que pudiera tomar una decisión, Darius bajó los seis escalones con una toalla en la mano, sus ojos eran indescifrables mientras se dirigía a ella.

Avergonzada de su desnudez, Andy cruzó las piernas instintivamente y apoyó un codo sobre una rodilla para cubrir al menos una parte de su cuerpo.

—Toma.

Después de ofrecerle la toalla se dio la vuelta y metió las manos en los bolsillos del pantalón para que pudiera limpiarse y vestirse con cierta intimidad.

—¿Tenemos que hablar de esto?

Que tuviese que preguntar, y cómo lo había preguntado, dejaba claro que Darius no quería hablar de ello.

Que lamentaba lo que había pasado.

Andy no sabía bien lo que sentía, pero sin duda tendría días y semanas en los que darle vueltas a sus sentimientos.

Cuando no volviese a saber nada de Darius.

Y eso, tuvo que reconocer, la entristecía más de lo que le gustaría admitir.

Había intentado desde el principio resistirse a esa atracción porque sabía que no llevaría a ningún sitio. Porque temía que Darius le rompiera el corazón.

Y así había sido.

No sabía si ese tumulto de emociones era amor, pero desde luego sentía algo por Darius, algo lo bastante fuerte como para permitir que viera sus cicatrices, como para entregarse.

No necesitaba leer nada en Internet sobre sus breves relaciones con guapísimas modelos para saber que no era el tipo de hombre que tenía relaciones serias.

Y ella no era una mujer que tuviera solo relaciones sexuales.

Aunque, después de lo que acababa de pasar, entendería que Darius pensara que así era.

En fin, lo único que le quedaba era intentar salvar su orgullo.

—Bueno... —frunció el ceño cuando sonó un móvil. No era el suyo.

Darius masculló una palabrota mientras lo sacaba del bolsillo de los tejanos.

—Lo siento, tengo que atender esta llamada.

Andy asintió mientras se dirigía a la cocina para que pudiera hablar a solas. O, al menos, eso era lo que tenía intención de hacer.

—Pero ¿qué...? ¿Cuándo? —lo oyó exclamar—. Iré enseguida. Dígale a Xander... da igual, se lo diré yo mismo cuando llegue —Darius cortó la comunicación abruptamente—. Tengo que irme ahora mismo, Miranda.

—¿Le ha pasado algo a Xander?

–Ha tenido un accidente de coche esta mañana, pero en el hospital no sabían a quién llamar hasta que ha recuperado el conocimiento y les ha dado el número de mi móvil.

Andy dio un paso adelante, pero se detuvo al ver que, en esos segundos, Darius había levantado un muro invisible entre los dos, uno que era imposible penetrar.

–¿Está bien?

–Eso espero. De verdad tengo que irme, Miranda.

–Sí, claro.

Un minuto antes, Darius había querido, necesitado, poner distancia entre ellos para aclararse las ideas e intentar entender qué había pasado. Pero no quería irse a toda prisa y en esas circunstancias.

–¿Quieres que te lleve al hospital?

–¿Perdona?

–Te he preguntado si quieres que te lleve al hospital –repitió Andy.

–¿Por qué? –Darius parecía totalmente sorprendido por el ofrecimiento.

–Eso es lo que hacen los amigos.

–¿Ah, sí?

–Es evidente que estás disgustado y no deberías conducir en ese estado.

–Pero necesitaré mi coche más tarde...

Andy tenía la impresión de que no vería a Darius Sterne después de aquel día.

–Entonces, te llevaré en tu coche y volveré en taxi. Mira, no te lo estoy pidiendo, te estoy diciendo que voy a llevarte al hospital –anunció Andy, decidida–. Lo que ocurra después dependerá solo de ti.

Capítulo 8

AL VER el pálido rostro de Xander, y las contusiones en la cara y la frente, Darius supo que su preocupación durante los últimos meses tenía fundamento. Había golpeado el parabrisas con la cabeza y estaban vigilándolo para comprobar si sufría una conmoción cerebral. Además de eso, tenía varias costillas magulladas y la pierna izquierda fracturada. Según el médico, requería una intervención urgente.

Xander abrió los ojos y, por fin, miró a su hermano con expresión dolorida.

–¿Se puede saber qué has hecho? –el tono seco de Darius resonó en la silenciosa habitación–. En los últimos meses te has portado de una forma muy rara, pero no sabía que quisieras matarte.

–Darius, por favor... –dijo Andy en voz baja. Sabía que no estaba enfadado, sino preocupado y que seguramente lamentaría más tarde haber hablado en ese tono.

Había ido en silencio hasta el hospital y no puso ninguna objeción cuando bajó del coche para acompañarlo. No porque quisiera que fuese con él, sino porque estaba tan distraído y preocupado por su hermano que había olvidado que ella estaba allí.

Su corazón se derritió al ver la desolación de su rostro mientras miraba a su hermano mellizo.

—No quería suicidarme —Xander hablaba en voz muy baja, como si le doliera pronunciar las palabras. Y, con las costillas magulladas, seguramente así era—. Es que... fui a la discoteca por la noche y ocurrió algo... —se le quebró la voz, sus ojos brillaban de emoción—. Perdí el control y... yo nunca he querido ser como él.

—¿Como él? —repitió Darius.

—Nuestro padre. No quiero... nunca he querido ser como él.

—Pero tú no eres como él en absoluto. Nunca podrías serlo, es imposible.

—Pero...

—No te pareces en nada a nuestro padre —insistió Darius—. Si perdiste el control, me imagino que tendrías una buena razón para hacerlo.

Xander sacudió la cabeza.

—No hay excusa para mi comportamiento.

—Claro que sí. Tiene que haberla.

—Quiero creerlo, pero...

—Pero nada —lo interrumpió su hermano—. Xander, los dos hemos sufrido por su culpa, tú físicamente y yo... ¿tú sabes el sentimiento de culpabilidad con el que he cargado durante estos años?

Xander tragó saliva.

—¿Sentimiento de culpabilidad?

—¡Sí, maldita sea, porque yo era el único al que no pegaba! —Darius se alejó de la cama, con el rostro tan pálido como el de su hermano—. Tantas veces intenté apartar su atención de ti, pero nunca servía de nada.

Y durante todos esos años me preguntaba si podría haber hecho algo más, si tal vez...

–No era culpa tuya –le aseguró Xander con voz ronca.

–Siempre sentí que así era –Darius respiraba con dificultad–. La última vez que te pegó... yo solo quería pararlo, Xander. Solo quería que parase.

–Lo sé. Nuestra madre y yo siempre lo supimos, pero temíamos preguntar y confirmar nuestras sospechas. Yo llevo toda la vida intentando olvidarlo y nuestra madre decidió vivir con ello sin hacer preguntas. Pero es por eso por lo que apenas os dirigís la palabra a menos que sea absolutamente necesario.

–¿Vivir con qué? –Darius parecía sorprendido.

Andy se sentía como una intrusa escuchando esa conversación privada entre los dos hermanos y sabía que estaba descubriendo cosas sobre los Sterne que a Darius no le gustaría que supiera.

–Creo que debería irme para que podáis hablar tranquilamente.

Los dos se volvieron hacia ella con gesto de extrañeza, como si se hubieran olvidado de que estaba allí.

–Llámame cuando puedas para contarme cómo está tu hermano –Andy se volvió hacia Xander–. Y tú concéntrate en ponerte bien, ¿eh? –intentó animarlo–. Darius te quiere mucho.

Xander le devolvió una débil sonrisa.

–Lo sé.

–Espera, te acompaño –se ofreció Darius.

–No hace falta.

–Sí hace falta –insistió él–. Volveré en unos minutos –le aseguró a su hermano antes de salir de la habitación–. Lamento mucho que hayas tenido que escuchar todo eso.

Andy no lo lamentaba. La conversación había sido muy reveladora y confirmaba, o eso creía, que su padre había sido un hombre abusivo y que su madre prefería no hablar de ello. Por eso su relación era tan tirante.

–Xander y tú tenéis que hablar –murmuró, poniéndole una mano en su brazo.

–Sí, parece que sí –asintió él–. Yo... quiero darte las gracias por traerme, Miranda. Te lo agradezco más de lo que te puedas imaginar. Hablaremos más tarde, cuando sepa que Xander se va a recuperar.

–No te preocupes por mí –se apresuró a decir Andy–. Concéntrate en tu relación con tu hermano y tu madre.

Él hizo una mueca.

–Suena un poco complicado, ¿no?

–Suena complicado, sí. Pero, si alguien puede resolver esta situación, ese eres tú.

–Me alegra que confíes tanto en mí, pero creo que debería haberlo hecho hace años.

Andy le apretó el brazo.

–Entonces, hazlo ahora.

–¿Crees que esto tiene solución?

–Eres Darius Sterne, ¿no? Claro que lo creo.

Él tomó sus manos, mirándola a los ojos.

–Y tú eres Miranda Jacobs. Y deberías volver a bailar.

–¿Qué? –Andy dio un paso atrás, sorprendida.

–Deberías bailar en la gala de mi madre.

–No creo que... En fin, me lo pensaré.

—Estupendo —Darius le apretó las manos antes de soltárselas—. Te llamaré más tarde —le prometió.

—Madre, quería hablarte de... ¿Miranda?

Andy dio un respingo al oír la voz de Darius. Al verlo en la puerta del elegante salón de Catherine Latimer, empezaron a temblarle las manos de tal forma que tuvo que dejar la taza sobre la mesa.

Habían pasado cinco días desde el domingo por la noche, cuando Darius la llamó para decirle que, según los médicos, Xander iba a recuperarse.

Desde entonces, no había vuelto a saber nada de él.

Y no era difícil entender por qué.

Ella sabía que no iba a gustarle que hubiese escuchado la conversación entre su hermano y él.

Aunque dudaba que esa fuera la única razón para su silencio.

Habían hecho el amor el domingo y que no hubiera vuelto a ponerse en contacto con ella desde entonces dejaba claro que lo lamentaba. Como había sospechado. La deseaba, sí, quería hacer el amor con ella, pero no era su tipo. Y al verlo con uno de sus elegantes trajes de chaqueta resultaba difícil creer que fuera el mismo hombre que le había hecho el amor el domingo, en el sofá de su apartamento.

Difícil, pero no imposible, a juzgar por el calor que le recorría el cuerpo en ese momento.

Darius entró en el salón, con la mirada clavada en ella.

—¿Miranda?

Andy tragó saliva mientras se levantaba con las

piernas temblorosas. Verlo de nuevo de forma tan inesperada la había dejado sin palabras.

Por suerte, al menos ese día se había arreglado para su reunión con Catherine Latimer. Llevaba una blusa de color verde claro y un pantalón sastre, el pelo recién lavado le caía en ondas sobre los hombros.

—Creo que ya hemos llegado a un acuerdo, Catherine, así que te dejo para que hables con tu hijo.

La mujer sonrió.

—No puedo decirte cuánto me alegra que hayas cambiado de opinión.

Andy seguía preguntándose si estaba cometiendo un error. ¿Era lo bastante fuerte, emocional y físicamente, para hacerlo?

La confianza de Darius en ella había sido el factor decisivo. Creía en ella, creía que podía hacerlo.

Y, como resultado, había aceptado la invitación de Catherine Latimer para actuar en la gala.

Aunque no creía que fuera el momento de comentar esa decisión con Darius.

—En fin, tengo que irme. Por favor, no te molestes en llamar al mayordomo —se apresuró a decir cuando Catherine tomó la campanilla—. Sé dónde está la puerta, no te preocupes.

Darius, atónito al encontrar a Miranda allí, solo escuchaba a medias la conversación entre su madre y...

Un momento. ¿Qué era exactamente Miranda para él? ¿Su amante? Sí, aunque no había hablado con ella desde el domingo, no tenía la menor duda de que era eso, su amante.

Y también la última persona a la que esperaba ver cuando decidió visitar a su madre esa mañana.

Tanto que no se le ocurrió qué decir para detenerla cuando pasó a su lado.

Una vez fuera de la casa, Andy se apoyó en la puerta, con las rodillas un poco temblorosas.

Aunque esperaba que Darius y su madre hubieran solucionado sus diferencias, él era la última persona a la que esperaba ver aquel día.

Y la sorpresa había sido mutua, porque él se había quedado sin habla al verla...

Andy estuvo a punto de caerse hacia atrás cuando la puerta se abrió de repente, y tuvo que hacer un esfuerzo para mantener el equilibrio.

Al ver a Darius, levantó la barbilla en un gesto desafiante.

—Sé que debe de parecerte extraño haberme encontrado aquí, pero te aseguro que mi visita no tiene absolutamente nada que ver contigo.

Él esbozó una sonrisa.

—No se me ha ocurrido ni por un momento que quisieras hablar de mí con mi madre.

—¿No?

—¿Estás enfadada conmigo?

Andy abrió la boca, pero volvió a cerrarla al darse cuenta de que sí estaba enfadada. Y dolida.

Aquel hombre le había hecho el amor el domingo y, aparte de una breve llamada telefónica esa misma noche, no había vuelto a saber nada de él. Absolutamente nada.

Los periódicos habían dado la noticia del accidente de Xander, describiendo sus heridas como graves. Evidentemente, la prensa tendía a exagerar porque, cuando le preguntó a Catherine, ella le había asegurado que su hijo solo estaría en el hospital unos días más.

Pero Andy sabía que no era el silencio de Darius sobre su hermano lo que le dolía.

Había sabido desde el primer momento que para él no era más que un breve momento de placer y su silencio de los últimos cinco días solo reforzaba esa convicción. Y le dolía mucho.

No se había engañado a sí misma ni por un momento y sabía que solo era una más en la legión de mujeres con las que se había acostado en los últimos quince años. Pero no sabía cuánto iba a dolerle no recibir siquiera una llamada de cortesía. Su silencio había sido insultante.

–Debo irme. Tengo una clase dentro de una hora.

Darius frunció el ceño. Sus emociones habían sido tan caóticas en los últimos cinco días que decidió no llamar a Miranda hasta que pudiese ordenarlas, pero eso no significaba que no hubiera pensado en ella constantemente desde el domingo. Que no hubiese revivido y disfrutado una y otra vez los recuerdos de esa tarde. O que no se preguntase por qué y qué significaba.

Porque había hecho todo eso.

Y, cuando se levantó de la cama esa mañana, después de otra noche sin pegar ojo pensando en ella, supo que aquello no podía seguir, que tenía que verla, besarla, hacerle el amor. Había pensado llamarla ese mismo día, pero entrar en casa de su madre y encontrarse con Miranda tomando un té con ella era lo último que se esperaba.

–Me encantaría quedarme aquí charlando toda la mañana –siguió, con mal disimulada falsedad mientras miraba su reloj con gesto impaciente–, pero de verdad tengo una clase dentro de una hora y supongo que tú has venido para hablar con tu madre.

–Tú y yo tenemos que hablar.

–En otro momento.

Andy se dio la vuelta para bajar los escalones y Darius, conteniendo su frustración, admiró el suave movimiento de sus caderas mientras subía al coche, aparcado a unos metros de la casa.

Todo sin molestarse en mirar atrás ni una sola vez. Su expresión dejaba claro que ya se había olvidado de él.

El instinto le pedía que la siguiera y exigiera terminar aquella conversación, pero intuía que Miranda no querría hablar con él.

Bueno, pues al demonio con todo.

Tenían que hablar y no solo sobre la conversación que había escuchado en el hospital una semana antes.

–Así que este es tu pequeño estudio de danza...

Andy, que estaba haciendo su rutina diaria de ejercicios después de la primera clase matinal, levantó la cabeza. Y se quedó helada al ver a Tia Bellamy indolentemente apoyada en el quicio de la puerta.

Iba tan llamativa como siempre, con un vestido negro ajustado y sandalias de tacón. En comparación, Andy se sentía desaliñada y sudorosa con los leotardos y las zapatillas de ballet.

¿Lo habría hecho a propósito?

Probablemente, pensó mientras tomaba una toalla para echársela sobre los hombros.

–Sí, este es mi estudio de danza.

Tia echó un vistazo alrededor con gesto desdeñoso antes de volver una mirada condescendiente hacia ella.

–Supongo que tienes que ganarte la vida.

–Supones bien –asintió Andy. Tia se había quitado la máscara y no era una sorpresa, ya que no había público masculino presente–. ¿Qué puedo hacer por ti? –le preguntó mientras recogía una toalla del suelo–. Me imagino que no has venido para tener una amistosa charla.

–Sería difícil cuando tú y yo no somos amigas –Tia no se molestaba en disimular su desprecio.

–¿Y por qué es eso? ¿Qué tengo para que me odiases desde el día que nos presentaron?

–No seas ingenua –replicó la otra mujer.

–No lo soy –Andy la miraba, genuinamente perpleja–. De verdad no sé qué he hecho para que me odies tanto.

Tia frunció los labios en un gesto de disgusto.

–Existir, sencillamente.

Andy se quedó sin aliento, no tanto por lo que había dicho, sino por cómo lo había dicho.

–No te entiendo.

–No, claro que no. Eras tan *inocente* que jamás se te ocurrió pensar que yo era mayor que tú, más experta, y que deberían haberme elegido a mí para interpretar *Giselle* y *El lago de los cisnes* y no a ti.

–Pero yo no fui responsable de esa elección.

–Todo el mundo hablaba de lo maravillosa que eras, el director de la compañía, otros bailarines, el público. Decían que ibas a ser la nueva Fonteyn –Tia frunció los labios, desdeñosa–. Qué pena que esa promesa no pudiera verse cumplida.

–Eso tampoco fue culpa mía.

–Ya, claro. ¿No es eso lo que dicen todos los fracasados? –su tono despectivo denigraba todo aquello por lo que Andy había trabajado tanto.

Pero entonces recordó la respuesta de Darius cuando se llamó fracasada a sí misma.

–No fracasé, sencillamente cambié de profesión debido a las circunstancias.

Tia esbozó una sonrisa irónica.

–¿Y qué circunstancias eran esas?

Andy dejó escapar un impaciente suspiro.

–Mira, no entiendo por qué estás aquí. Creo que es obvio que no tenemos nada que decirnos.

–Puede que tú no tengas nada que decirme, pero yo sí tengo cosas que decirte a ti –replicó Tia, hiriente–. Quiero que rechaces la invitación de Catherine Latimer para bailar en la gala.

Andy parpadeó, asombrada.

–¿Cómo puedes saber eso?

–¿Cómo? Porque la muy estúpida me llamó ayer con la idea de pedirnos que actuásemos juntas después de bailar individualmente. Yo soy bailarina principal –sus ojos brillaban de ira–, no actúo con bailarines inferiores.

–Es una gala benéfica.

–¿Y qué? No voy a rebajarme a bailar contigo por caridad.

Andy dio un respingo ante tan deliberada crueldad. No había podido terminar su conversación con Cat-

herine Latimer esa mañana por la inesperada llegada
de Darius, pero debía admitir que la idea de que Tia y
ella bailasen juntas en la gala era absurda. Ni siquiera
podrían ensayar juntas y menos bailar en público.

–Hablaré con ella.

–No tienes que hablar con ella, solo dile que no vas
a actuar y punto.

–¿Por qué iba a hacer eso? –Andy sacudió la cabeza–. He hablado con Catherine esta misma mañana
y he aceptado la invitación.

Lo había pensado mucho después del accidente de
Xander. Podía imaginarse su dolor y frustración, pero
sabía con certeza que, siendo hermano mellizo de Darius, Xander tenía fuerza de voluntad y determinación
suficientes para recuperarse de sus lesiones.

Como ella se había recuperado de las suyas cuatro
años antes.

Darius nunca la había menospreciado por las lesiones que destruyeron su carrera en el ballet. De hecho,
había hecho todo lo contrario, desafiándola a la menor
oportunidad, animándola para que bailase esa primera
noche, insistiendo en que acudiese a la cena benéfica
con él, su primera aparición pública en cuatro años.
Besando sus cicatrices mientras hacían el amor, diciendo que las consideraba heridas de guerra de una
batalla que había ganado.

Y, en cierto modo, así era. Tal vez no había futuro
para su relación, pero siempre le estaría agradecida
por su fe en ella, por darle valor para enfrentarse a sus
propios demonios y su miedo al fracaso.

Era la fe de Darius en ella lo que le había dado valor para volver a bailar en público. Una actuación de

diez minutos porque no podría hacer más, pero estaba decidida a hacerlo.

Y seguía decidida.

Le gustase a Tia o no.

—Supongo que siempre podría hacer que tuvieras otro «accidente».

Andy se quedó helada, incapaz de respirar mientras miraba a Tia Bellamy, intentando asimilar y analizar lo que acababa de decir.

—Entonces, fuiste tú —consiguió decir al fin, horrorizada. ¿Cómo podía haberle hecho algo tan horrible a una compañera solo para quitarle el puesto?

Tia, sin embargo, la miraba con expresión aburrida.

—Pues claro que fui yo. Por segunda vez en meses tú ibas a bailar el papel principal y yo era tu sustituta. Un papel que debería haber sido mío, que fue mío y siguió siendo mío cuando por fin te quité de en medio —anunció con gesto de triunfo—. Ahora yo soy la bailarina principal y tú... bueno, tú eres esto —añadió, señalando alrededor con gesto desdeñoso.

—Pero podrías haberme matado. Las lesiones eran tan graves que tuve que dejar mi carrera —Andy se sentía enferma. Acabaría por vomitar si tenía que seguir hablando con aquella mujer—. Es mejor que te vayas.

¿Cómo podía alguien hacerle eso a otra persona, a otra bailarina que se esforzaba tanto como ella? Era una maldad incomprensible.

La satisfacción de saber, después de cuatro años, que estaba en lo cierto, que no había sido un accidente, no era suficiente para controlar las náuseas.

—Llama a Catherine Latimer y dile que has decidido no bailar en la gala —le exigió Tia.

¿Lo haría? ¿Dejaría que las amenazas de aquella mujer destruyeran su vida por segunda vez? ¿No valía ella más que eso? ¿No se había esforzado para salir adelante? ¿La admiración de Darius no le daba fuerzas?

–¿Por qué iba a hacer eso? –Andy levantó la mirada al oír la voz de Darius–. ¿Alguien puede explicarme qué está pasando aquí? –preguntó con frialdad, entrando en el estudio.

Capítulo 9

DARIUS había visto un coche que no era el de Miranda aparcado frente al estudio y había oído voces airadas en cuanto entró en el edificio. Bueno, una voz airada, que sin duda era la de Tia Bellamy.

Darius notó la palidez del rostro de Miranda en contraste con el de Tia, rojo de ira, con los ojos como esquirlas azules de hielo.

–¿Señoras? –preguntó, mirando de una a otra.

Aunque usaba el término liberalmente cuando se refería a Tia. Por lo que había podido ver, tenía poco de «señora», aunque intentase dar la impresión contraria.

La bailarina fulminó a Miranda con la mirada por última vez antes de volverse hacia él con una coqueta sonrisa.

–No pasa nada –respondió–. Tengo que irme a un ensayo, así que Andy y yo tendremos que continuar nuestra conversación en otro momento... ¿Qué haces? –exclamó cuando Darius la tomó del brazo para evitar que saliera del estudio.

–¿Miranda?

Andy respiró hondo antes de negar con la cabeza.

–Deja que se vaya.

–¿Estás segura?

–Sí, lo estoy.

Darius apretó el brazo de Tia Bellamy.

–Te aconsejo que no vuelvas nunca por aquí –le advirtió–. ¿Me has entendido?

Ella lo miró con resentimiento antes de asentir abruptamente con la cabeza.

Darius la soltó para acercarse a Miranda mientras la puerta se cerraba ruidosamente tras él.

–¿Estás bien? –le preguntó, levantándole la barbilla con un dedo para mirarla a los ojos.

¿Estaba bien?

Tia acababa de confirmar lo que ella había sospechado durante cuatro años, que la había empujado deliberadamente del escenario. Aunque fuese una revelación turbadora, al menos sabía que no se lo había imaginado.

Pero Tia había amenazado con volver a hacerle daño si no se retiraba de la gala.

Entonces, ¿estaba bien?

No, en absoluto.

El temblor empezó en las rodillas y comenzó a extenderse por todo su cuerpo hasta que, un segundo después, estaba a punto de caerse al suelo.

–Ven a sentarte –Darius la llevó hasta uno de los bancos y la sentó sobre sus rodillas, abrazándola en un gesto protector.

Y fue entonces cuando las lágrimas de Andy empezaron a rodar por sus mejillas.

Porque ya sabía con seguridad que su sueño de ser una gran bailarina de ballet había sido aplastado por un acto deliberado y malicioso.

Porque durante todos esos años había dudado de sí misma, y hasta se había cuestionado su propia cordura por pensar que alguien pudiera haber hecho algo tan horrible.

Y, para empeorar la situación, ya no podía negar que se había enamorado loca, irrevocablemente de Darius, un hombre que no tenía la menor intención de corresponder a sus sentimientos.

Estaba abrumada de emociones porque era precisamente Darius quien la abrazaba con ternura.

Y no podía seguir así. Aunque le gustase la idea de que Darius matase sus dragones por ella, sabía que era fuerte. Aunque le gustaría apoyarse en él, sabía que era capaz de matar sus propios dragones y debía hacerlo.

Respiró hondo, intentando calmarse mientras apartaba las lágrimas de un manotazo, decidida a no portarse como una niña.

—Lo siento, es que me he llevado una impresión, pero ya estoy bien.

Intentaba quitarle importancia, pero estaba fracasando miserablemente porque Darius seguía mirándola con gesto preocupado.

—¿Quieres contármelo?

Andy se mordió los labios, insegura.

—¿Qué haces aquí? –le preguntó.

Él esbozó una sonrisa.

—Era mi intención verte esta mañana.

—¿Ah, sí?

—No cambies de tema, Miranda. En la cena benéfica quedó claro que Tia y tú no erais amigas. ¿Qué estaba haciendo aquí? Y, sobre todo, ¿por qué se cree con derecho a prohibirte que bailes en la gala que organiza mi madre?

–No tiene importancia.

–¿Cómo que no tiene importancia? Pero si estás llorando.

Andy intentó tranquilizarse. Pero ¿cómo iba a pensar con claridad sentada en las rodillas de Darius, cuando sus sentidos reaccionaban al calor y al olor de su cuerpo, ese olor tan único, tan especial?

–Mira, estoy sudando después de la clase. ¿Por qué no vamos arriba para seguir hablando? Así podré ducharme y cambiarme de ropa.

–Preferiría quedarme aquí –dijo Darius.

–¿Ah, sí?

–Tengo una fantasía recurrente de hacer el amor contigo aquí, frente a todos estos espejos –murmuró con voz ronca, apretando su cintura.

Ella abrió los ojos como platos.

–¿De verdad?

–Desde luego que sí.

Andy no sabía si podría ponerse en pie en ese momento, y menos aún subir a su apartamento.

¿Darius fantaseaba con hacer el amor en su estudio? ¿Desde cuándo? «Una fantasía recurrente», había dicho. Solo había ido al estudio una vez para invitarla a la cena benéfica, ¿había fantaseado con hacerle el amor allí desde entonces?

El brillo de sus ojos parecía decir que así era.

Andy se dio cuenta entonces de la poca ropa que llevaba, solo los leotardos blancos y el maillot, que se pegaba a sus curvas como una segunda piel.

–Eso suena... interesante –musitó, pasándose la lengua por los labios.

–¿De verdad?

–Sí, mucho.

¿Para qué negar su reacción ante tal sugerencia cuando Darius podía sentir el calor entre sus muslos? Y también debía de notar que sus pezones empujaban el fino material del maillot.

Darius la abrazó con fuerza, riéndose.

–¿Eso significa que me has perdonado por no haberte llamado desde el domingo?

–Significa que me lo estoy pensando –respondió ella, coqueta.

–¿Y de qué depende que me perdones?

Andy se echó hacia atrás para mirarlo a los ojos, con el corazón encogido por lo fabulosamente guapo que era cuando sonreía.

–Depende de que no me hayas llamado porque no querías hacerlo o querías, pero te obligaste a ti mismo a no hacerlo.

El momento de la verdad, pensó Darius, preguntándose si estaba preparado. Si algún día estaría preparado para eso.

Durante los últimos veinte años había levantado barreras protectoras para que nadie se acercase demasiado, aparte de su hermano. Como un escudo contra sus emociones y contra el dolor del desapego que existía entre su madre y él.

Un desapego que, esa última semana, aunque no resuelto del todo, estaba en vías de resolución.

Un desapego que tenía que comentar con Miranda antes de poder responder a otras muchas preguntas.

Aunque, después de haber escuchado parte de su conversación con Xander en el hospital, algunas de las respuestas no le sorprenderían.

–Tal vez deberíamos subir a tu apartamento para tomar un café –la empujó suavemente antes de levantarse con expresión seria.

Andy no entendía su actitud. Seductor un momento, distante un segundo después.

Decepcionada, porque estaba claro que no tenía intención de hacerle el amor allí, lamentó haber dicho algo que lo hizo dejar de sonreír. Aunque no sabía qué era.

–Muy bien –asintió mientras salía del estudio, con Darius detrás. Una vez en el apartamento, señaló el equipo de música situado en un rincón–. Pon algo mientras me ducho, si te apetece.

–¿Miranda?

Ella se volvió con expresión seria.

–¿Sí?

–Yo... nosotros –Darius sacudió la cabeza–. Tú eres la única mujer que me deja sin palabras, maldita sea –se pasó una mano por el pelo alborotándolo más.

Andy esbozó una sonrisa, un poco más relajada.

–Me lo tomo como un cumplido.

–Ah, pero es mucho más que eso.

Sí, lo era, se dio cuenta Andy. Darius no era un hombre al que le gustase admitir ninguna debilidad, y menos en lo que se refería a una mujer, pero ella había conseguido dejarlo sin palabras.

–Ponte cómodo mientras me ducho –sugirió, antes de correr escaleras arriba para desaparecer en el cuarto de baño.

Darius buscó entre los CD y, después de elegir uno al azar, se quitó la chaqueta y la corbata y se desabrochó el primer botón de la camisa mientras paseaba por el apartamento.

Le hubiera gustado subir para reunirse con Miranda en la ducha, si ella se lo permitía, pero sabía que necesitaban hablar sobre muchas cosas antes de eso.

Para empezar, tenía intención de descubrir la razón por la que Tia Bellamy había ido al estudio. Y segundo, quería que Miranda conociera toda su historia, no solo una parte. Quería que supiese el porqué del distanciamiento entre su madre y él, y las secuelas que su historia familiar habían dejado en Xander.

No sabía qué pasaría después de contárselo y él estaba demasiado exaltado como para tratar el tema de un posible futuro para su relación.

—¿Cómo está Xander?

Estaba tan perdido en sus pensamientos que no se había dado cuenta de que Miranda había vuelto del cuarto de baño.

Su pelo ya no estaba recogido en un moño, sino suelto, cayendo sobre sus hombros, tenía los ojos brillantes y un ligero rubor en las mejillas. Y llevaba unos tejanos y una camiseta negra.

Darius sonrió al ver que iba descalza de nuevo.

—No te gustan mucho los zapatos, ¿no?

—Demasiados años llevando zapatillas de ballet. ¿Quieres un café?

—No, aún no.

—Bueno, ¿cómo está tu hermano? —le preguntó Miranda para llenar el silencio.

—¿Cómo haces eso? —Darius frunció el ceño.

–¿A qué te refieres?

–¿Cómo sabes siempre lo que estoy pensando y vas directamente al corazón?

–No quería decir... –Andy lo miró sin entender, notando la palidez de ese rostro que parecía haber sido cincelado por un escultor–. Esta mañana, cuando le pregunté a tu madre por Xander, me dijo que no había habido complicaciones tras la operación y que pronto volvería a casa.

–No hay complicaciones físicas –asintió él, suspirando pesadamente–. Desgraciadamente, Xander tiene heridas emocionales que tardarán mucho más tiempo en curar. Pero me estoy adelantando. Aún no me has contado qué hacía aquí esa mujer y por qué estabas tan disgustada.

Darius no iba a dejar el tema, claro. Pero Andy no quería hablar de ello en ese momento.

–No sé si tu madre te lo ha contado, pero he decidido bailar en la gala después de todo.

–Sí, me lo ha contado. Espero que no suene condescendiente porque no es mi intención... pero me siento muy orgulloso de ti.

Ella sonrió, contenta.

–¿De verdad?

–Claro que sí. Tanto que esa noche estaré con ella y con Charles en el palco del teatro.

A Andy le dio un vuelco el corazón al pensar que sería parte del público que la viera actuar por primera vez en cuatro años.

–Tia no quiere que baile en la gala –dijo por fin.

–¿Y por qué demonios se cree con derecho a pedirte que no hagas algo tan importante para ti?

–No me lo ha pedido, me ha amenazado.

Darius frunció el ceño.

–Su visita de hoy solo es una parte de la historia, ¿verdad?

Andy asintió con la cabeza.

–Siéntate un momento.

Darius no sabía si quería sentarse. De hecho, sabía que no quería hacerlo, pero Miranda parecía necesitar que lo hiciera. Y si eso era lo que necesitaba en ese momento...

De modo que se sentó y escuchó, apretando los puños cuando le contó lo que había ocurrido cuatro años antes: que Tia la había empujado del escenario para hacerse con el papel principal de *El lago de los cisnes* y que había amenazado con hacer algo parecido si Miranda no se retiraba de la gala.

Andy casi se asustó al ver su expresión. En sus ojos había un brillo helado y peligroso antes de levantarse bruscamente del sofá.

–No voy a echarme atrás, Darius –le aseguró.

–No te dejaría aunque lo intentases –replicó él, con los dientes apretados–. Dios mío, cuando pienso que esa mujer estuvo a punto de matarte... Tienes que llamar a la policía, Miranda.

–¿Y qué voy a contarles? No tengo pruebas de lo que pasó y sería mi palabra contra la suya.

–Pero esa mujer no tiene conciencia ni remordimientos –Darius dio un paso adelante para tomar sus manos–. Si fue capaz de hacer eso para quitarte el puesto, no hay razón para suponer que no haya hecho algo similar a otras compañeras. O que vuelva a hacerlo. Y la próxima vez podría matar a alguien.

Andy no lo había visto de ese modo, pero tenía razón. La mujer que había hablado con ella esa mañana, que la había amenazado, era una persona sin conciencia y más que capaz de hacer lo que fuera para lograr lo que ambicionaba.

–Lo haremos juntos –la animó Darius–. Te garantizo que la policía te escuchará si yo confirmo que Tia te ha amenazado. Al menos, tendrán que interrogarla.

–¿Y por qué harías eso por mí?

El momento de la verdad de nuevo, pensó Darius.

Salvo que aún no le había hablado de su propio pasado, ni explicado las repercusiones de ese pasado. Y se lo debía antes de atreverse a tocar el tema de un posible futuro para su relación porque siempre existía la posibilidad de que Miranda no quisiera saber nada de él una vez que le contase qué clase de familia era la suya.

Pero llegaría a eso después. De momento, estaba demasiado sorprendido por lo que Miranda acababa de contarle.

–Sigo sin poderme creer que alguien fuera capaz de hacer lo que te hizo Tia Bellamy.

De repente, se dio cuenta de lo cerca que había estado de no conocer nunca a Miranda. De no haberla besado, no haber hecho el amor con ella. No haberse enamorado de ella...

Porque Darius había tenido que reconocer durante esos días, mientras se obligaba a no llamarla, a no verla, a no besarla, que estaba enamorado de ella. La quería más que a nadie, más que a su hermano, más que a su familia, más que a sí mismo.

–Me gustaría estrangularla por lo que te hizo.

–Pero no lo harás –dijo Andy–. He rehecho mi vida, y me gusta mucho ser profesora de ballet.

Se dio cuenta entonces de que era verdad, disfrutaba dando clases y soñaba con descubrir algún día a la nueva Margot Fonteyn o Maya Plisetskaya.

Tenía una vida.

–Y he decidido que no hay ninguna razón para que no vuelva a bailar. No en una compañía de ballet, pero sí en galas benéficas como la que está organizando tu madre.

–Mi madre se encargará de ello –dijo él, irónico.

–Eso es suficiente para mí.

–¿De verdad?

Darius la miró a los ojos, pensando que quería algo más que eso para él y para Miranda. Si ella aceptaba.

Había llegado el momento de la verdad.

–Es tu turno de sentarte y escuchar lo que tengo que decir.

Andy se dejó caer en el sofá. Podía ver que estaba nervioso mientras paseaba por la habitación, pasándose las manos por el pelo.

–¿Qué ocurre? –preguntó por fin, cuando no pudo seguir aguantando el suspense–. Sea lo que sea, no puede ser tan horrible como lo que yo te he contado.

–Es peor –Darius hizo una mueca–. Y tiene que ver con la conversación que escuchaste en el hospital.

–Ah, ya.

Se había preguntado si le contaría algo más. De hecho, se había preguntado si volverían a hablar algún día.

–En particular, sobre el canalla de mi padre.

Andy había visto la angustia de Xander el domingo

y también sabía que el matrimonio de sus padres no había sido feliz, pero no sabía si a Xander y Catherine les gustaría que Darius hablase sobre Lomax Sterne con alguien que no fuera de la familia.

Pero, si quería hablarle de su padre, ella estaba más que dispuesta a escucharlo.

¿Cómo no iba a hacerlo?

Darius era un hombre muy reservado, incluso obsesivamente reservado. No frío, como había pensado en un principio. No, no volvería a verlo como un hombre frío después de haber hecho el amor con él en el sofá, pero sí un hombre reservado, contenido, que hacía todo lo posible por ocultar sus emociones tras una barrera.

Una barrera que iba derrumbándose cuanto más tiempo estaban juntos.

Una barrera que Darius parecía dispuesto a tirar para compartir algo de su pasado con ella.

¿Cómo no iba a escucharlo si eso la hacía entender por qué Darius era como era?

Esperó pacientemente mientras lo veía ordenar sus pensamientos.

—Seguí tu consejo el domingo por la noche y le pedí a Xander que me lo contase todo. Ahora me doy cuenta... —Darius hizo una pausa mientras sacudía la cabeza—. En fin, debería empezar por el principio, no por el final. Mi madre y mi padre se conocieron en una conferencia empresarial. Él era el director de su propia compañía, ella la ayudante personal de otro empresario. La atracción fue instantánea y tuvieron una aventura que duró una semana. Dos meses más tarde, mi madre tuvo que decirle que estaba embarazada de

Xander y de mí. Mi padre había olvidado mencionar que estaba comprometido con otra mujer, la hija de uno de sus socios, de modo que la noticia no le hizo la menor gracia.

Darius exhaló un suspiro antes de seguir:

–Lomax se ofreció a costear un aborto, pero mi madre se negó, de modo que le ofreció dinero a cambio de su silencio. Su intención era casarse con su prometida, pero los embarazos, sobre todo los de mellizos, tienden a llamar la atención –relató, haciendo una mueca–. Su prometida era amiga del hombre para el que mi madre trabajaba... en fin, ya puedes imaginarte el resto. Descubrió qué clase de persona era Lomax Sterne, rompió el compromiso y mi padre acabó casándose con mi madre.

Andy no sabía que había estado conteniendo el aliento hasta que tuvo que tomar aire para hablar.

–¿Porque se dio cuenta de que estaba enamorado de ella?

–No, porque quería hacerles la vida imposible a ella y a sus hijos por haber destrozado sus planes.

Andy tragó saliva.

–¿Y lo hizo?

–Desde luego que sí, nuestra casa era un infierno –afirmó Darius–. Cuando mi madre se dio cuenta del error que había cometido al casarse con él le temía tanto que no se atrevía a dejarlo. Tanto por ella como por Xander y por mí. Yo me parecía mucho a él.

Andy se había imaginado que debía de parecerse a su padre, ya que Catherine era rubia de ojos castaños como Xander y Darius tenía el pelo oscuro y unos hipnotizadores ojos de color topacio.

—La noche que mi padre murió, Xander estaba en el hospital y mi madre con él. Se había roto la clavícula y sufría una leve conmoción tras «caerse de un caballo».

Andy tragó saliva al notar su tono sarcástico.

—¿No se cayó de un caballo?

Darius negó con la cabeza.

—Mi padre le había dado una paliza —contuvo el aliento—. Tal vez, si me hubiera pegado a mí alguna vez, mi madre y Xander no hubieran sufrido tanto. Y yo habría aceptado que me pegase a mí, pero...

Andy veía el sentimiento de culpabilidad en sus ojos. El mismo que había visto en el hospital.

—Pero me parecía a él y mi padre debía de pensar que algún día sería como él, que podría hacerme a su imagen y semejanza.

—Pero no lo consiguió —dijo Andy.

—No —Darius esbozó una triste sonrisa—. Puede que me parezca a él físicamente, pero mi carácter es parecido al de mi madre. Ella también se encierra en sí misma y se muestra fría ante los demás. Mientras que Xander, que se parece físicamente a mi madre...

—Solo he visto a tu hermano dos veces, pero estoy segura de que no es una persona cruel ni violenta —Andy frunció el ceño. No se podía creer que el hombre encantador que había conocido en la cena benéfica pudiera ser un monstruo como Lomax Sterne.

—Tienes razón, no lo es. El problema es que él cree que sí. O tal vez sería mejor decir que teme convertirse en mi padre.

—Pero tú puedes convencerlo de que no es así —arguyó Andy.

–Agradezco tu confianza en mí, y te aseguro que estoy haciendo todo lo que puedo.

–Pero hay más, ¿verdad?

Él asintió con la cabeza.

–Lo que no sabía, hasta que Xander hizo ese comentario en el hospital, es que durante todos estos años mi madre y él habían creído que yo empujé a mi padre por las escaleras esa noche, cuando estaba borracho como una cuba.

–¿Qué?

–No puedo decir que no hubiera pensado en hacerlo muchas veces por cómo trataba a mi madre y a mi hermano, pero algo me detenía siempre.

–Que tú no eres como él –afirmó Andy, totalmente convencida–. Sencillamente, no eres una persona violenta.

–Gracias por decir eso.

–Nunca lo había puesto en duda –le aseguró ella–. Heredamos los genes de nuestros padres, sí, pero somos mucho más que eso. Lo que somos lo hacemos nosotros mismos. Mírame a mí, por ejemplo. Nadie de mi familia se había interesado nunca por el ballet o el mundo del arte. ¡Mi hermana es contable, por Dios!

–Tu hermana, a quien no le caigo bien –dijo Darius.

–Porque no te conoce –respondió ella–. ¿Xander y tu madre saben la verdad ahora?

–¿Sobre la muerte de mi padre? Sí, he hablado con los dos este fin de semana.

–¿Y eso ha cerrado la brecha que hay entre tu madre y tú?

Darius sonrió. Miranda era muy perceptiva. Sin de-

círselo, sabía que esa era la razón para su distanciamiento.

–Lo haremos tarde o temprano. Desgraciadamente,
mi madre y yo nos parecemos mucho y tendemos a
encerrarnos en nosotros mismos. El miedo a saber la
verdad hizo que no quisiera preguntarme por lo que
pasó y, en cambio, su silencio provocó que nos dis-
tanciáramos.

–¿Y Xander? ¿El percance con el coche fue un accidente de verdad o lo provocó él?

Darius dejó escapar un largo suspiro.

–Él dice que fue un accidente.

–¿Y tú lo crees?

–Sí, hasta cierto punto –asintió él–. La verdad es
que llevaba un tiempo preocupado por mi hermano sin
saber bien por qué. Se esfuerza mucho, trabaja doce
horas al día.

–Como tú.

–Sí, como yo –Darius hizo una mueca–. Pensé que
Xander y yo teníamos una relación muy cercana, pero
no sabía nada del tormento por el que ha pasado durante todos estos años, ni de su miedo a convertirse en
mi padre algún día.

–Necesita que alguien crea en él. No solo tu madre
y tú, me imagino que eso lo da por sentado porque lo
queréis de forma incondicional –Andy sonrió–. Xander necesita que alguien que no sea de la familia, seguramente una mujer, lo quiera por él mismo.

Darius la miró con curiosidad.

–¿Cómo te has vuelto tan sabia?

No era cuestión de sabiduría, Andy estaba hablando
por experiencia.

Su hermana, Kim, y su cuñado, Colin, la habían apoyado en todo durante los últimos cuatro años, pero solo gracias a la fe de Darius en ella había encontrado valor para volver a bailar en público. Nunca volvería a ser una gran bailarina profesional de ballet y tendría que ensayar mucho antes de la gala para que su actuación fuese aceptable, pero jamás hubiera encontrado el valor para hacerlo si Darius no hubiese creído en ella.

Un rayo de esperanza había empezado a crecer dentro de ella cuando le habló de su violento padre, de su traumática infancia, de la razón para el desapego entre su madre y él y los problemas de su hermano.

Un rayo de esperanza de que hubiera una razón poderosa para que Darius Sterne, un hombre que nunca compartía sus emociones con nadie, hubiera compartido con ella todas esas cosas.

Capítulo 10

ME IMAGINO que te preguntarás por qué demonios estoy desahogando contigo toda esta desagradable historia familiar –dijo Darius.

Andy también se lo preguntaba. Pero en un rincón de su corazón, donde las esperanzas y los sueños habían sido enterrados años atrás, el arcoíris de posibilidades que había provocado su decisión de volver a bailar en público estaba de repente estallando de colores.

–En realidad, temía que fueras a confesar que esos rumores sobre tus exóticos gustos por látigos y cinturones en el dormitorio fueran ciertos.

–¿Qué? –exclamó Darius, incrédulo.

Andy lo miró con ojos inocentes.

–Entonces, ¿no son ciertos?

–Pues claro que no. Estás de broma, ¿verdad? –Darius se dio cuenta al verla sonreír–. Tú sabes que eso no es cierto. Solo es un montón de basura que inventa la prensa amarilla.

Ella asintió, aliviada al ver que se había relajado un poco.

–En realidad, lo que me preguntaba –Andy le sostuvo la mirada mientras se levantaba del sofá– es si te apetece bajar al estudio y hacer realidad tus fantasías.

–¿Qué?

A Miranda le brillaban los ojos mientras se acercaba a él moviendo las caderas suavemente.

–He dicho que sonaba interesante –le recordó con voz ronca.

–Sí, es verdad –Darius no dejaba de quedarse asombrado con aquella mujer.

Acababa de contarle la horrible historia de su familia, y, en lugar de sentirse horrorizada o salir corriendo en dirección contraria, le recordaba su fantasía erótica con un brillo de interés en esos preciosos ojos verdes.

–¿Te he dicho lo maravillosa que eres?

–No, aún no.

Darius la tomó por la cintura y tiró de ella suavemente.

–Quizá porque eso no expresa lo que siento por ti. Es por ti por lo que he podido enfrentarme al pasado y por lo que estoy seguro de que algún día seré capaz de cerrar esa brecha con mi madre. Porque lo que siento...

Dejó la frase en suspenso. Pronunciar esas palabras era más difícil de lo que se había imaginado.

Pero Miranda se merecía escuchar esas palabras. Tan sentidas y tan a menudo como ella quisiera escucharlas.

Darius tomó aliento.

–Sé que no nos conocemos desde hace mucho tiempo, que es demasiado pronto y que tengo que cambiar muchas cosas antes de que tú sientas lo mismo por mí...

–Darius, ¿quieres dejar de darle vueltas e ir al grano? –Andy dejó escapar un suspiro de frustración.

–Me he enamorado de ti, Miranda. Profunda, completamente y para siempre –anunció él entonces–. Puede que sea nuevo en esto, pero lo que siento por ti lo abarca todo... hasta el punto de que ahora soy tuyo. ¿Y sabes una cosa? No me importa –él mismo parecía sorprendido ante esa admisión–. Por primera vez en mi vida me siento feliz. Sé exactamente lo que quiero y con quién quiero estar durante el resto de mi vida...

–¿Darius?

–Te quiero de verdad, más de lo que nunca imaginé que yo pudiese amar a alguien. Sabía que tenía que hablarte de mi familia antes de decirte esto, sobre mi padre en particular. Porque no quiero que pienses que te he ocultado nada. Quiero compartirlo todo contigo, Miranda.

–Darius...

–Incluso lo malo.

–¡Darius! –la exasperación de Andy se convirtió en una carcajada. De felicidad, de pura y absoluta felicidad.

La amaba.

La amaba de verdad.

Y sabía con certeza que, cuando Darius amaba, lo hacía con todo su corazón, con todo su ser. Había empezado a albergar esperanzas mientras hablaba de su familia, pero oírlo confesar que la amaba era mucho más de lo que hubiera podido imaginarse nunca.

–¡Yo también te quiero! –exclamó, feliz–. Y, si crees que tu familia es un poco rara, ya verás cuando pases tiempo con mi hermana y mi cuñado. Para empezar, coleccionan espejos antiguos. Tienen la casa llena de ellos y durante los fines de semana van a mercadillos de antigüedades buscando más. Mi hermana es la peor cocinera del mundo y Colin...

–¿Me quieres? –Darius la miraba con ojos interrogantes.

Era una inseguridad que Andy no podía soportar en un hombre tan fuerte y maravilloso al que amaba con todas las fibras de su ser.

–Te quiero mucho, Darius. Te quiero tanto... –repitió con un nudo en la garganta mientras se ponía de puntillas para besarlo.

Un beso que empezó siendo lento, dulce y maravilloso, pero enseguida se convirtió en una caricia incandescente de pasión desatada.

–Cásate conmigo, Miranda –murmuró Darius mucho después, cuando los dos estaban abrazados en el sofá.

Andy lo miró con los ojos humedecidos.

–¿Quieres casarte conmigo?

Él estalló en una carcajada de felicidad.

–¿Dónde creías que iba esta conversación?

–Yo... bueno...

–No pensarías que iba a llevarte al estudio para dejar que te aprovechases de mí y me plantases cuando hubieras hecho lo que quisieras conmigo, ¿verdad?

–Ah –Andy sintió que le ardían las mejillas–. Hablando de eso... la verdad es que yo no tengo experiencia...

Darius vio un brillo de inseguridad en sus ojos verdes.

–Miranda, ¿eres...? ¿Es posible que seas...?

–¿Virgen? Pues sí –Andy hundió la cara en su pecho–. Iba a contártelo, por supuesto.

–¡Eso espero!

–No es algo que una le cuenta a un hombre cuando piensa que solo quiere... bueno, que solo quiere...

–Lo entiendo –la interrumpió él, encantado. Aunque aún no había aceptado su proposición de matrimonio.

Darius clavó una rodilla en la alfombra y tomó sus manos.

–¿Me harías el honor de convertirte en mi esposa, Miranda? –le preguntó, más serio que nunca–. ¿Quieres casarte conmigo, vivir conmigo durante el resto de nuestras vidas y ser la madre de mis hijos?

Era mucho más de lo que Andy se hubiera atrevido a soñar. Que Darius la amase le parecía un milagro, que la quisiera como esposa y madre de sus hijos la llenaba de una felicidad sin medida.

–Sí, claro que me casaré contigo –respondió, con los ojos llenos de lágrimas.

Cuando se echó en sus brazos, Darius perdió el equilibrio y cayeron sobre la alfombra. No dijeron nada más, el silencio solo fue roto por suspiros de felicidad y mágicos murmullos de amor.

Epílogo

TODO va a salir bien, Darius –Kim le apretó la mano en el palco del teatro, mientras esperaban que Miranda hiciese su aparición como Odette–. No te lo he dicho, pero tu amor y tu fe en Andy es lo que ha hecho posible esta noche –añadió, emocionada–. Y siempre te estaré agradecida.

Darius y Kim se habían hecho amigos durante las últimas tres semanas porque los dos querían a Miranda. El mismo cariño que la había hecho desconfiar de él en un principio se había convertido en un lazo familiar.

Para Darius, habían sido las tres semanas más felices de su vida. El amor, la admiración y el orgullo que sentía por Miranda aumentaban cada día.

Amor porque de algún modo, en medio del caos, habían logrado organizar una boda que tendría lugar el mes siguiente. En solo dos semanas, por fin su virginal novia sería suya de verdad.

Admiración porque Miranda había encontrado valor para acudir con él a la policía y denunciar a Tia Bellamy. Tia había negado vehementemente las acusaciones, pero se vio obligada a confesar cuando se le informó de que otras bailarinas pensaban denunciarla. Todo ello gracias a un empujoncito de Darius, que había indagado por su cuenta el comportamiento de la bailarina. Había tantos informes de su carácter vengativo y violento que la compañía de ballet había rescindido su contrato mientras durase la investigación.

Y orgullo porque Miranda había luchado para superar sus lesiones en esos cuatro años y porque se había esforzado al máximo para la actuación de esa noche, ensayando durante horas y horas en el estudio.

No solo por sí misma, le había dicho, sino también por él. Porque había creído en ella cuando ella misma no creía.

Sabiendo que él era la razón por la que Miranda había encontrado valor para volver a bailar en público estaba tan nervioso que apenas podía permanecer quieto en el palco.

–*Courage, mon brave* –Xander puso una mano en su hombro. Aún no estaba recuperado del todo, pero había logrado llegar hasta el palco con la ayuda de unas muletas–. Andy va a hacerlo muy bien, no te preocupes.

Tanto la familia de Darius como la de Miranda estaban en el palco: Xander, Kim y Colin, y su madre y Charles. Juntos porque eran una familia, unidos por el amor que Miranda y él sentían el uno por el otro.

Si acaso, Darius la amaba más en aquel momento que tres semanas antes.

–Ya empieza –murmuró Xander cuando las luces se apagaron y el telón comenzó a levantarse.

El corazón de Andy, sola en medio del escenario, latía salvajemente cuando el telón se levantó y empezaron a sonar las primeras notas de la partitura, el público guardaba un silencio expectante.

Se quedó paralizada al ver aquel mar de rostros, con un zumbido en los oídos y el estómago encogido mientras se preguntaba si sería capaz de hacerlo.

Pero entonces levantó la mirada hacia el palco donde sabía que Darius estaría con sus familias y un inesperado sosiego se apoderó de ella al ver el brillo de amor de sus ojos.

El mismo amor que Darius podía ver en la expresión de Miranda antes de que irguiese los hombros y empezase a bailar.

Para él, solo para él. Era como un delicado cisne blanco volando por el escenario, con sus movimientos gráciles y perfectos.

Su Miranda...

***

Podrás conocer la historia de Xander Sterne en el segundo libro de la serie *Los hermanos Sterne* del próximo mes titulado:

LA SEDUCCIÓN DE XANDER STERNE

Bianca

**Su matrimonio había terminado, pero…
¿qué pasaba con el bebé?**

El matrimonio entre Jane y el guapísimo magnate griego Demetri Souvakis había llegado a su fin hacía ya cinco años. Destrozada y traicionada, Jane lo había abandonado y había empezado una nueva vida.

Ahora Demetri necesitaba un heredero urgentemente, por lo que le pidió el divorcio a su hermosa esposa. Pero antes de firmar los papeles deseaba darse un último revolcón en el lecho matrimonial, por los viejos tiempos, claro…

Lo que no sospechaba era que ese último encuentro tendría semejante resultado. ¿Cómo podía decirle al hombre del que estaba a punto de divorciarse que iba a tener un hijo?

FRUTO DEL AMOR
ANNE MATHER

Acepte 2 de nuestras mejores novelas de amor GRATIS

¡Y reciba un regalo sorpresa!

Oferta especial de tiempo limitado

Rellene el cupón y envíelo a

Harlequin Reader Service®
3010 Walden Ave.
P.O. Box 1867
Buffalo, N.Y. 14240-1867

¡Sí! Por favor, envíenme 2 novelas de amor de Harlequin (1 Bianca® y 1 Deseo®) gratis, más el regalo sorpresa. Luego remítanme 4 novelas nuevas todos los meses, las cuales recibiré mucho antes de que aparezcan en librerías, y factúrenme al bajo precio de $3,24 cada una, más $0,25 por envío e impuesto de ventas, si corresponde*. Este es el precio total, y es un ahorro de casi el 20% sobre el precio de portada. !Una oferta excelente! Entiendo que el hecho de aceptar estos libros y el regalo no me obliga en forma alguna a la compra de libros adicionales. Y también que puedo devolver cualquier envío y cancelar en cualquier momento. Aún si decido no comprar ningún otro libro de Harlequin, los 2 libros gratis y el regalo sorpresa son míos para siempre.

416 LBN DU7N

Nombre y apellido	(Por favor, letra de molde)
Dirección	Apartamento No.
Ciudad	Estado	Zona postal

Deseo

CÓMO SEDUCIR A UN MILLONARIO

ROBYN GRADY

El implacable tiburón de las finanzas Jack Reed se proponía hacerse con Lassiter Media, pero Becca Stevens, directora de la fundación benéfica de la empresa, estaba dispuesta a enfrentarse a él con todos sus medios para salvarla. Le pidió a Jack que le concediera una semana para demostrarle el trabajo que hacía la organización. Becca quería mostrarle el daño que hacía con su implacable búsqueda de poder y riqueza, y

Jack decidió seguirle el juego al verlo como la oportunidad perfecta para llevársela a la cama.

¿Y si al caer en la trampa de Jack,
ella no quería escapar?

¡YA EN TU PUNTO DE VENTA!

Bianca

Se había casado únicamente para salvar a su familia... pero despreciaba a su marido

Por mucho que odiase al hombre con el que se había casado, Briar Davenport tenía que admitir que se volvía loca con solo sentir sus caricias.

A pesar del placer que Daniel Barrentes le daba en el dormitorio, lo suyo nunca sería otra cosa que un matrimonio de conveniencia... ¿o quizá sí? A medida que se iban desvelando los secretos, Briar empezó a darse cuenta de que Daniel no era como ella creía...

BODA POR VENGANZA

TRISH MOREY

BODA POR VENGANZA
TRISH MOREY